人文阅读与收藏·良友文学丛书

舒乙题

原丛书主编：赵家璧

特 邀 顾 问：舒　乙　赵修慧　赵修义　赵修礼　于润琦

出 品 人：马连弟
监　　制：李晓琤
执　　行：张娟平
统　　筹：吴　晞　姚　兰
装帧设计：赵泽阳

特别鸣谢（按姓氏笔画排列）：
韦　韬　叶永和　李小林　沈龙朱　陈小滢　杨子耘
张　章　周　雯　周吉仲　舒　乙　蒋祖林　施　莲
姚　昕　俞昌实　钟　蕻　郑延顺　赵修慧
以及在版权联系过程中尚未联系到的作者或家属

特别鸣谢：
上海鲁迅纪念馆
北京鲁迅博物馆
北京大学中国语言文学系
复旦大学中国语言文学系
中国作家协会权益保障委员会

人文阅读与收藏·良友文学丛书

时间的纪录

茅　盾著

中国国际广播出版社

良友版《时间的纪录》平装本封面

良友版《时间的纪录》平装本封底

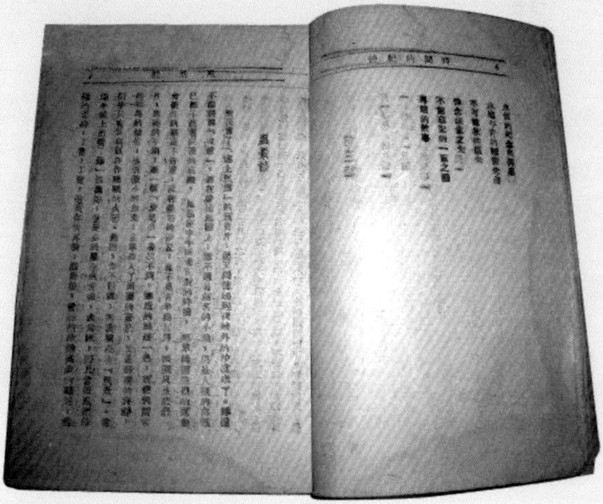

良友版《时间的纪录》目录页和内文

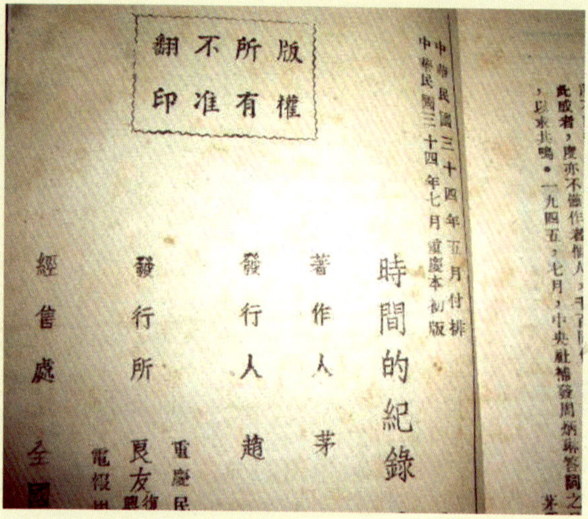
版權所有
不准翻印

中華民國三十四年五月付排
中華民國三十四年七月重慶本初版

時間的紀錄

著作人 茅盾

發行人 趙

發行所 良友復興 重慶民

經售處 全

良友版《时间的纪录》版权页

《良友文学丛书》新版出版说明

二十世纪三四十年代，著名编辑赵家璧在上海良友图书公司老板伍联德的支持下，历经十余年，陆续出版《良友文学丛书》，计四十余种。其中三十九种在上海出版，各书循序编号，后出几种则无。该套丛书以收入当时左翼及进步作家的作品为主，也选入其他各派作家作品。其中小说居多，兼及散文和文艺论著；第一号是鲁迅的译作《竖琴》。丛书一律软布面精装（亦有平装普及本），外加彩印封套，书页选用米色道林纸，售价均为大洋九角。

《良友文学丛书》选目精良，在现在看来，皆为名家名作；布面精装的装帧更是被许多爱书人誉为“有型有款”。不可否认，在装帧设计日益进步的当下，这套出版于二十世纪三四十年代的丛书外形已难称书中翘楚，但因岁月洗汰，人为毁弃，这套曾在出版史上一度“金碧辉煌”过的丛书首版已然成为新文学极其珍贵的稀见“善本”。

在《良友文学丛书》首版八十周年之际，为满足现代普通读者和图书馆对该丛书阅读与收藏的需求，我们依据《良友文学丛书》旧版进行再版（四种特大本不在其列）。本着尊重旧版原貌的原则，仅对旧版中失校之处予以订正。新版《良友文学丛书》采用简体横排的形式，以旧版书影做插图，装帧力求保持旧版风格，又满足当下读者的审美趣味。希望这一出版活动对缅怀中国出版前辈们的历史功绩和传承中国文化有所裨益，也希望广大读者多提宝贵意见和建议，以便我们把日后的工作做得更好。

《良友文学丛书》新版校订说明

一、本丛书收录原良友图书公司编辑赵家璧主编《良友文学丛书》共四十六种（四种特大本不在其列），乃为目前发现且确系良友版之全部。

二、此番印行各书，均选择《良友文学丛书》旧版作为底本，编辑内容等一律保持原貌，未予改窜删削。

三、所做校订工作，限于以下各项：

（1）将繁体字改为简体字；

（2）原作注释完全保留；

（3）尽量搜求多种印本等资料进行校勘，并对显系排印失校者在编辑中酌予订正；

（4）前后字词用法不一致处，一般不做统一纠正；

（5）给正文中提到的书籍和文章及其他作品标上书名号，原作书名写法不规范、不便添加符号者，容有空缺；

（6）书名号以外其他标点符号用法，多依从作者习惯，除个别明显排印有误者外均未了改动。

目　次

第一辑

第二辑

第三辑

第四辑

第一辑

风景谈

前夜看了《塞上风云》的预告片，便又回忆起猩猩峡外的沙漠来了。那还不能被称为“戈壁”，那在普通地图上，还不过是无名的小点，但是人类的肉眼已经不能望到它的边际，如果在中午阳光正射的时候，那单纯而强烈的返光会使你的眼睛不舒服；没有隆起的沙丘，也不见有半间泥房，四顾只是茫茫一片，那样的平坦，连一个“坎儿井”也找不到；那样的纯然一色，即使偶尔有些驼马的枯骨，它那微小的白光，也早溶入了周围的苍茫；又是那样的寂静，似乎只有热空气在作哄哄的火响。然而，你不能说，这里就没有“风景”。当地平线上出现了第一个黑点，当更多的黑点成为线，成为队，而且当微风把铃铛的柔声，丁当，丁当，送到你的耳鼓，而最后，当那些昂然高步的骆驼，排成整齐的方阵，安详然而坚定地愈行愈近，当骆驼队中领队驼所掌的那一杆长方形猩红大旗耀入你眼帘，而且大小叮当的谐和的合奏充满了你耳管，——这时间，也许你不出声，但是你的心里会涌上了这样的感想的：多么庄严，多么妩媚呀！这里是大自然的最单调最平板的一面，然而加上了人的活动，就完全改观，难道这不是“风景”吗？自然是伟大的，然而人类更伟大。

于是我又回忆起另一个画面，这就在所谓“黄土高原”！那边的山多数是秃顶的，然而层层的梯田，将秃顶装扮成稀稀落落有些黄毛的癞头，特别是那些高杆植物颀长而整齐，等待检阅的队伍似的，在晚风中摇曳，别有一种惹人怜爱的姿态。可是更妙的是三五月明之夜，天是那样的蓝，几乎透明似的，月亮离山顶，似乎不过几尺，远看山顶的小米丛密挺立，宛如人头上的怒发，这时候忽然从山脊上长出两支牛角来，随即牛的全身也出现，掮着犁的人形也出现，并不多，只有三两个，也许还跟着个小孩，他们姗姗而下，在蓝的天，黑的山，银色的月光的背景上，成就了一幅剪影，如果给田园诗人见了，必将赞叹为绝妙的题材，可是没有完，这几位晚归的种地人，还把他们那粗朴的短歌，用愉快的旋律，从山顶上飘下来，直到他们没入了山坳，依旧只有蓝天明月黑魃魃的山，歌声可是缭绕不散。

另一个时间。另一个场面。夕阳在山，干坼的黄土正吐出它在一天内所吸收的热，河水汤汤急流，似乎能把浅浅河床中的鹅卵石都冲走了似的。这时候，沿河的山坳里有一队人，从“生产”归来，兴奋的谈话中，至少有七八种不同的方音。忽然间，他们又用同一的音调，唱起雄壮的歌曲来了，他们的爽朗的笑声，落到水上，使得河水也像在笑。看他们的手，这是惯拿调色板的，那是昨天还拉着提琴的弓子伴奏着《生产曲》的，这是经常不离木刻刀的，那又是洋洋洒洒下笔如有神的，但现在，一律都被锄锹的木柄磨起了老茧了。他们在山坡下，被另一群所迎住。这里正燃起熊熊的野火，多少曾调朱弄粉的手儿，已经将金黄的小米饭，翠绿的油菜，准备齐全。这时候，太阳已经下山，却将它的余晖幻成了满天的彩霞，河水喧哗得更响了，跌在石上的便喷出了雪白的泡沫，人们把沾着黄土的脚伸在水里，任它冲刷，或者掬起水来，洗一把脸。在背山面水这样一个所在，静穆的自然和弥满着生命力的人，就织成了美妙的图画。

在这里，蓝天明月，秃顶的山，单调的黄土，浅濑的水，似乎都是最恰当不过的背景，无可更换。自然是伟大的，人类是伟大的，然而充满了崇高精神的人类的活动，乃是伟大中之尤其伟大者！

我们都曾见过西装革履烫发旗袍高跟鞋的一对儿，在公园的角落，绿荫下长椅上，悄悄儿说话，但是试想一想，如果在一个下雨天，你经过一边是黄褐色的浊水一边是怪石峭壁的崖岸，马蹄很小心地探入泥浆里，有时还不免打了一下跌撞，四面是沉寂灰色，没有一点生动鲜艳的；然而，你忽然抬头看见高高的山壁上有几个穹然的石洞，三层洋楼的亭子间似的，一对人儿促膝而坐，只凭剪发式样的不同，你方能辨认出一个是女的。他们被雨赶到了那里，大概聊天也聊够了，现在是摊开着一本札记簿，头凑在一处，一同在看，——试想一想，这样一个场面到了你眼前时，总该和在什么公园里看见了长椅上有一对儿在偎倚低语，颇有点味儿不同罢？如果在公园时你一眼瞥着，首先第一层是“这里有一对恋人”，那么，此时此际，倒是先感到那样一个沉闷的雨天，寂寞的荒山，原始的石洞，安上这么两个人，是一个“奇迹”，使大自然顿时生色！他们之是否恋人，落在问题之外。你所见的，是两个生命力旺盛的人，是两个清楚明白生活意义的人，在任何情形之下，他们不倦怠，也不会百无聊赖，更不至于从胡闹中求刺戟，他能够在任何情况之下，拿出他们那一套来，怡然自得，但是什么能使他们这样呢？

不过仍旧回到“风景”罢；在这里，人依然是“风景”的构成者，没有了人，还有什么可以称道的？再者，如果不是内生活极其充满的人作为这里的主宰，那又有什么值得怀念？

再有一个例子：如果你同意，二三十棵桃树可以称为林，那么这里要说的，正是这样一个桃林。花时已过，现在绿叶满株，却没有一个桃子。半爿旧石磨，是最漂亮的圆桌面，几尺断碑，或是一截旧阶石，那又是难得的几案。现成的大小石块作为凳子，——而这样的石凳也还是以奢侈品的姿态出现。这些怪样的家具之所以成为必要，是因为这里有一个茶社。桃林前面，有老百姓种的荞麦，也有大麻和玉米这一类高杆植物。荞麦正当开花，远望去就像一张粉红色的地毡，大麻和玉米就像是屏风，靠着地毡的边缘。太阳光从树叶的空隙落下来，在泥地上，石家具上，一抹一抹的金黄色。偶尔也听得有草虫在叫，带住在林边树上的马儿伸长了脖子就树干搔痒，也许是乐了，便长嘶起来。“这就不坏！”你也许要这样说。可不是，这里是有一般所谓“风景”的一些条件的！然而，未必尽然。在高原的强烈阳光下，人们喜欢把这一片树荫作为户外的休息地点，因而添上了什么茶社，这是这个“风景区”成立的因缘，但如果把那二三十枝桃树，半爿磨石，几尺断碣，还有荞麦和大麻玉米，这些其实到处可遇的东西，看成了此所谓风景区的主要条件，那或者是会贻笑大方的。中国之大，比这美得多的所谓风景区，数也数不完，这个值得什么？所以应当从另一方面去看。现在请你坐下，来一杯清茶，两毛钱的枣子，也作一次桃园的茶客罢。如果你愿意先看女的，好，那边就有三四个，大概其中有一位刚接到家里寄给她的一点钱，今天来请请同伴。那边又有几位，也围着一个石桌子，但只把随身带来的书籍代替了枣子和茶了。更有两位虎头虎脑的青年，他们走过“天下最难走的路”，现在却静静地坐着，温雅得和闺女一般。男女混合的一群，有坐的，也有蹲的，争论着一个哲学上的问题，时时哗然大笑；就在他们近边，长石条上躺着一位，一本书掩住了脸。这就够了，不用再多看。总之，这里有特别的氛围，但并不古怪。人们来这里，只为恢复工作后的疲劳，随便喝点，要是袋里有钱；或不喝，随便谈谈天；在有闲的只想找一点什么来消磨时间的人们看来，这里坐的不舒服，吃的喝的也太粗糙简单，也没有什么可以供赏玩，至多来一次，第二次保管厌倦。但是不知道消磨时间为何物的人们却把这一片简陋的绿荫看得很可爱，因此，这桃林就很出名了。

因此，这里的“风景”也就值得留恋，人类的高贵精神的辐射，填补了自然界的贫乏，增添了景色，形式的和内容的。人创造了第二自然！

最后一段回忆是五月的北国。清晨，窗纸微微透白，万籁俱静，嘹亮的喇叭声，破空而来。我忽然想起了白天在一本贴照簿上所见的第一张，银白色的背景前一个淡黑的侧影，一个号兵举起了喇叭在吹，严肃，坚决，勇敢，和高度的警觉，都表现在小号兵的挺直的胸膛和高高的眉棱上边。我赞美这摄影家的艺术，我回味着，我从当前的喇叭声中也听出了严肃，坚决，勇敢，和高度的警觉来，于是我披衣出去，打算看一看。空气非常清冽，朝霞笼住了左面的山，我看见山峰上的小号兵了。霞光射住他，只觉得他的额角异常发亮，然而，使我惊叹叫出声来的，是离他不远有一位荷枪的战士，面向着东方，严肃地站在那里，犹如雕像一般。晨风吹着喇叭的红绸子，只这是动的，战士枪尖的刺刀闪着寒光，在粉红的霞色中，只这是刚性的。我看得呆了，我仿佛看见了民族的精神化身而为他们两个。

如果你也当它是“风景”，那便是真的风景，是伟大中之最伟大者！

廿九年十二月于枣子岚垭

雨天杂写之一

报载希特勒要法国献出拿翁当年侵俄时的一切文件。在此欧非两战场烽火告急的时候，这一个插科式的消息，别人读了作何感想，自不必悬猜，而在我看来，这倒是短短一篇杂文的资料。大凡一个人忽然想到要读一些特别的东西，或对于某些东西忽然厌恶，其动机有时虽颇复杂，有时实在也单纯得可笑。譬如阿 Q，自己知道他那牛山濯濯的癞痢头是一桩缺陷，因而不愿被人提起，由讳癞痢，遂讳“亮”，复由讳“亮”，连人家说到保险灯时，他也要生气。幸而阿 Q 不过是阿 Q，否则，他大概要禁止人家用保险灯，或甚至要使人间世没有“亮”罢？倘据此以类推，则希特勒之攫取拿翁侵俄文件，大概是失败的预感已颇浓烈，故厌闻历史上这一幕“英雄失败”的旧事，因厌闻，故遂要并此文件而消灭之——虽则他拿了那些文件以后的第二动作尚无“报导”，但不愿这些文件留在他所奴役的法国人手中，却是现在已经由他自己宣告了的。

但是希特勒今天有权力勒令法国交出拿翁侵俄的文件，却没有方法把这个历史从法国人记忆中检去。爱自由的法兰西人还是要把这个历史的教训反覆记诵而得出了希特勒终必失败的结论的。不能禁止人家思索，不能消灭人家的记忆，又不能使人必这样想而不那样想，这原是千古专制君王的大不如意事；希特勒的刀锯虽利，戈培尔之辈的麻醉欺骗造谣污蔑的工夫虽复出神入化，然而在这一点上，暂时还未能称心如意。

我不知轴心国家及其奴役的欧洲各国的报章上，是否也刊出了这一段新闻，如果也有，这岂不是一个绝妙的讽刺？正如在去年希特勒侵苏之初，倘若贝当之类恭恭敬敬献上了拿翁的文件去，便将成为堪付史馆纪录的妙事。如果真那么干了，那我倒觉得贝当还有百分之一可取，但贝当之类终于是贝当，故必待希特勒自己去要去。

历史上有一些人，每每喜以前代的大人物自喻。欧洲历史上第一次出现了一个大野心家亚历山大，后来凯撒就一心要比他。而拿破仑呢，又思步武凯撒的遗规。从拿翁手里掉下来的马鞭子，实在早已朽腐不堪，可是还有一个蹩脚的学画不成的希特勒，硬要再演一次命定的悲喜剧。亚历山大的雄图，到凯撒手里已经缩小，但若谓亚历山大的射手曾经将古希腊的文化带给了当时欧亚非的半开化部落，则凯撒的骁骑至少也曾使不列颠岛上的野蛮人沐浴了古罗马文化的荣光。便是那位又把凯撒的雄图缩小了的拿翁罢，他的个人野心是被莫斯科的大火，欧俄的冰雪，烧的烧光，冻的冻僵了，虽然和亚历山大、凯撒相比，他十足是个失败的英雄，但是他的禁卫军又何尝不将法兰西人民的自由、平等、博爱的精神，法兰西大革命的理想，带给了当时尚在封建领主压迫下的欧洲人民？“拿破仑的风暴”固然有破坏性，然而，若论历史上的功罪，则当时欧洲的自中世纪传来的封建大垃圾堆，不也亏有这“拿破仑的风暴”而被摧毁荡涤了么？即以拿翁个人的作为而言，他的《拿破仑法典》成为后来欧陆“民法”的基础，他在侵俄行程中还留心着巴黎的文化活动，他在莫斯科逗留了一星期，然而即在此短暂的时间，他也曾奠定了法兰西剧院的始基，这一个剧院的规模又成为欧陆其他剧院的范本。拿破仑以“共和国”的炮兵队长起家，而以帝制告终，他这一生，我们并不赞许，——不，宁以为他这一生足使后来的神奸巨猾知所炯戒，然而我们也不能抹煞他的失败了的雄图，曾在欧洲历史上起了前进的作用；无论他主观企图如何，客观上他没有使历史的车轮倒退，而且是推它前进一步。拿破仑是失败了，但不失为一个英雄！

从这上头看来，希特勒连拿翁脚底的泥也不如。希特勒的失败是注定了的，然而他的不是英雄，也已经注定。他的装甲师团，横扫了欧洲十四国，然而他带给欧洲人民的，是些什么？是中世纪的黑暗，是瘟疫性的破坏，是梅毒一般的道德堕落！他的猪爪践踏了苏维埃白俄罗斯与乌克兰的花园，他所得的是什么？是日耳曼人千万的白骨与更多的孤儿寡妇！他的失败是注定了的，而他的根本不配成为“失败的英雄”不也是已经注定了么？而现在，他又要法国献出拿翁侵俄的文件，如果拿翁地下有知，一定要以杖叩其胫曰：“这小子太混账了！”

前些时候，有一个机会去游览了兴安的秦堤。这一个二千年前的工程，在今日看来，似亦没有什么了不起，但在二千年前，有这样的创意（把南北分流的二条水在发源处沟通起来），已属不凡，而终能成功，尤为不易。朋友说四川的都江堰，比这伟大得多，成都平原赖此而富庶，而都江堰也是秦朝的工程。秦朝去我们太久远了，读历史也不怎么明了，然而这一点水利工程却令我“发思古之幽情”。秦始与汉武并称，而今褒汉武而贬秦始，这已是听烂了的老调，但是平心论之，秦始皇未尝不替中华民族做了几桩不朽的大事，而秦堤与都江堰尚属其中的小之又小者耳！且不说“同文书”为一件大事，即以典章法制而言，汉亦不能不“因”秦制。焚书坑儒之说，实际如何，难以究诘，但博士官保存且研究战国各派学术思想，却也是事实。秦始与汉武同样施行了一种文化思想的统制政策，秦之博士官虽已非复战国时代公开讲学如齐稷下之故事，但各派学术却一视同仁，可以在“中央的研究机关”中得一苟延喘息的机会。汉武却连这一点机会也不给了，而且定儒家为一尊，根本就不许人家另有所研究。从这一点说来，我虽不喜李斯，却尤其憎恶董仲舒！李斯尚不失为一懂得时代趋向的法家，董仲舒却是一个儒冠儒服的方士！然而“东门黄犬”，学李斯的人是没有了，想学董仲舒的，却至今不绝，这也是值得玩味的事。我有个未成熟的意见，以为秦始和汉武之世，中国社会经济都具备了前进一步、开展一个新纪元的条件，然而都被这两位“雄才大略”的君主所破坏；不过前者尚属无意，后者却是有计划的。秦在战国后期商业资本发展的基地上统一了天下，故分土制之取消，实为适应当时经济发展的趋向，然而秦以西北一民族而征服了诸夏与荆楚，为子孙万世之业计，却采取了“大秦主义”的民族政策，把六国的“富豪”迁徙到关内，就为的要巩固“中央”的经济基础，但是同时可就把各地的经济中心破坏了。结果，六国之后，仍可利用农民起义而共覆秦廷，而在战国末期颇见发展的商业资本势力却受了摧残。秦始并未采取什么抑制商人的行动，但客观上他还是破坏了商业资本的发达。

汉朝一开始就厉行“商贾之禁”。但是“太平”日子久了，商业资本还是要抬头的。到了武帝的时候，盐铁大贾居然拥有原料、生产工具与运输工具，俨然具有资产阶级的雏形。当时封建贵族感得的威胁之严重，自不难想像。只看当时那些诸王列侯，在“豪侈”上据说尚相形见绌，就可以知道了。然而“平准”“均输”制度，虽对老百姓并无好处，对于商人阶级实为一种压迫，盐铁国营政策更动摇了商人阶级中的巨头。及至“算缗钱”，一时商人破产者数十万户，蓬蓬勃勃的商业资本势力遂一蹶而不振。这时候，董仲舒的孔门哲学也“创造”完成，奠定了“思想”一尊的局面。

所以，从历史的进程看来，秦皇与汉武之优劣，正亦未可作皮相之论罢？但这，只是论及历史上的功过。如在今世，则秦始和汉武那一套，同样不是我们所需要，正如拿破仑虽较希特勒为英雄，而拿破仑的鬼魂却永远不能复活了。

一九四二，桂林

雨天杂写之二

佛法始来东土，排场实在相当热闹。公元三五〇年到四五〇年这不算短的时期中，南北朝野对于西来的或本土的高僧，其钦仰之热忱，我们在今天读了那些记载，还是活灵活现。石虎自谓“生自北鄙，忝当期运，居临诸夏，至于乡祀，应从本俗，佛是戎神，所应兼奉”，他对于佛图澄的敬礼，比稗官小说家所铺张的什么“国师”的待遇，都隆重些；他定了“仪注”：朝会之日，佛图澄升殿，常侍以下，悉助举兴，太子诸公扶翼而上，主者唱大和尚，众坐皆起。我们试闭目一想，这排场何等阔绰！

其后，那些“生自北鄙，忝当期运，居临诸夏”的国主，什九是有力的护法。乃至定为国教，一道度牒在手，便列为特殊阶级。佛教之盛，非但空前，抑且绝后，然而那时候，真正潜心内典的和尚却并不怎样自由。翻译了三百多卷经论的鸠摩罗什就是个不自由的和尚。他本来好好地住在龟兹国潜研佛法，苻坚闻知了他的大名，便派骁骑将军吕光带兵打龟兹国，“请”他进关。龟兹兵败，国王被杀，鸠摩罗什做了尊贵的俘虏，那位吕将军异想天开，强要以龟兹王女给鸠摩罗什做老婆。这位青年的和尚苦苦求免，吕光说：“你的操守，并不比你的父亲高，你为什么不肯听我的话?”原来鸠摩罗什的父亲鸠摩炎本为天竺贵族，弃嗣相位而到龟兹，极为那时的龟兹国王所尊重，逼以妹嫁之乃生鸠摩罗什，所以吕光说了这样的话。还将鸠摩罗什灌醉，与龟兹王女同闭禁于一室，这样，这个青年和尚遂破了戒。后来到姚秦时代，鸠摩罗什为国王姚兴所敬重，姚兴对他说：“大师聪明，海内无双，怎样可以不传种呢?”就强逼他纳宫女。这位“如好绵”的大师于是又一次堕入欲障。这以后，他就索性不住僧房，另打公馆，跟俗家人一样了。这在他是不得已，然而一些酒肉和尚就以他为借口，也纷纷畜养外室；据说鸠摩罗什曾因此略施吞针的小技，警戒那些酒肉和尚说：“你们如果能够像我一样把铁针吞食，就可以讨老婆。”每逢说法，鸠摩罗什必先用比喻开场道：“譬如臭泥中生莲花，但采莲花，不用理那臭泥。”即此也可见他破戒以后内心的苦闷了。姚兴这种礼贤的作风，使得佛陀耶舍闻而生畏。耶舍是罗什的师，罗什请姚兴迎他来，耶舍对使者说：“既然来请我，本应马上就去；但如果要用招待鸠摩罗什的样子来招待我，那我就不敢从命。”后来还是姚兴答应了决不勉强，佛陀耶舍方到长安。

但是姚兴这位大护法，还做了一件令人万分惊愕的事。这事在他逼鸠摩罗什畜室之后五六年，那时有两个中国和尚道恒道标被姚兴看中，认为他们“神气俊朗，有经国之量”，命尚书令姚显敦逼这两个和尚还俗做官。两个和尚苦苦求免，上表陈情，举出了三个理由：一，他们二人“少习佛法，不闲世事，徒发非常之举，终无殊异之功，虽有技能之名，而无益时之用”；二，汉光武尚能体谅严子陵的志向，魏文亦能顾全管宁的操守，所以圣天子在上，到并不需要大家都去捧场；三，姚兴是佛教的大护法，他们两个一心一意做和尚，正是从别一方面来拥护姚兴，帮他治国，所以不肯做官并非有了不臣之心。然而姚兴不许，他还教鸠摩罗什和其他的有名大师去劝道恒道标。鸠摩罗什等要替道恒道标说话求免，说：“只要对陛下有利，让他们披了袈裟也还不是一样？”但是姚兴仍不许，再三再四叫人去催逼，弄得全国骚然，大家都来营救，这才勉勉强强把两领袈裟保了下来。道恒道标在长安也不能住了，逃避荒山，后来就死在山里。

这些故事，发生在“大法之隆，于兹为盛”的时代，佛教虽盛极一时，真能潜心内典的和尚却有许多不自由。而且做不做和尚，也没有自由。但姚兴这位护法还算是有始有终的。到了后魏，起初是归宗佛法，敬重沙门，忽而又尊崇道教，严禁佛教，甚至下诏“诸有佛图形像及胡经，悉皆击破焚烧，沙门无少长皆坑之”。但不久复兴佛教，明诏屡降，做得非常热闹。当此时也，“出家人”真也为难极了。黄冠缁衣大概只好各备一套，看“早晚市价不同”，随机应变了。

一九四二，桂林

雨天杂写之三

不知不觉，在桂林已经住了三个月。什么也没有学得，什么也没有做得，就只看到听到些；然亦正因尚有见闻，有时也感到哭笑不得。

近来有半月多，不拉警报了，这是上次歼落敌机八架的结果；但也有近十天的阴雨，虽不怎么热，却很潮湿，大似江南梅雨季节。斗室中霉气蒸郁，实在不美，但我仍觉得这个上海人所谓“灶披间”很有意思；别的且不说，有“面部鼓吹”，胜况空前（就我个人的经验言），而“立部”之中，有淮扬之乐，有湘沅之乐，亦有八桂之乐，伴奏以锅桶刀砧，十足民族形式，中国气派。内容自极猥琐，然有一基调焉，曰：“钱。”

晚上呢，大体上是宁静的。但是我自己太不行了，强光植物油灯，吸油如鲸，发热如锅炉，引蚊成阵，然而土纸印新五号字，贱目视之，尚如读天书。于是索性开倒车，废此“中学为体，西学为用”之强光植物油灯，而复古于油盏。九时就寝，昧爽即兴，实行新生活。但又有“弊”：午夜梦回，木屐清脆之声，一记记都入耳刺脑，于是又要闹失眠；这时候，帐外饕蚊严阵以待，如何敢昧冒？只好贴然偃卧，静待倦极，再寻旧梦了。不过人定总可以胜“天”，油灯之下，可读木板大字线装书；此公为我借得《广西通志》，功德当真不小。

而且我又借此领悟了一点点。这一点点是什么呢？说来贻笑大方，盖即明白了广西山水之美，不在外而在内；凡名山必有佳洞，山上无可留恋，洞中则幽奇可探。石笋似的奇峰，怪石嶙峋，杂生羊齿植物，攀登正复不易，即登临了，恐除仰天长啸而外，其他亦无足留恋。不过“石笋”之中有了洞，洞深广曲折，钟乳奇形怪状，厥生神话，丹灶药炉，乃葛洪之故居，金童玉女，实老聃之外宅，类此种种，不一而足，于是山洞不但可游，且予人以缥缈之感了；何况洞中复有泉、有涧，乃至有通海之潭？

三星期前，忽奋雄图，拟游阳朔；同游十余侣，也“组织”好了，但诸君子皆非如我之闲散，故归途必须乘车，以省时间。先是曾由宾公设法借木炭车，迨行期既迫，宾公忽病，脉搏每分钟百八十至，于是壮游遂无期延缓。但阳朔佳处何在呢？据云：“阳朔诸峰，如笋出地，各不相倚。三峰九嶷析成天柱者数十里，如楼通天，如阙刺霄，如修竿，如高旗，如人怒，如马啮，如阵将合，如战将溃，漓江荔水，捆织其下，蛇龟猿鹤，焯耀万态”（《广西通志》），这里描写的是山形，这样的山，当然无可登临，即登临亦无多留恋，所以好处还是在洞；至于阳朔诸峰之洞，则就不是几句话所可说完的了。一篇记一洞的文章，往往千数百言，而有些我尚觉其说得不大具体呢！

还有些零碎的有趣的记载：太真故里据说在容县新塘里羊皮村，有杨妃井，“井水冷冽，饮之美姿容”。而博白县西绿萝村又有绿珠井，“其乡饮是水，多生美女，异时乡父老有识者，聚而谋窒是井，后生女乃不甚美，或美志必形不具”。然而尤其有意思的，乃是历史上的一桩无头公案，在《广西通志》内有一段未定的消息，全文如下：“横州寿佛寺，即应天禅寺，宋绍兴中建，元明继修之。相传，建文遇革除时，削发为佛徒，遁至岭南；后行脚至横之南门寿佛寺，遂居焉。十五余年，人不之知，其徒归者千数，横人礼部郎中药章父乐善广，亦从受浮屠之学。恐事泄，一夕复遁往南宁陈步江一寺中，归者亦然，遂为人所觉，言诸官，达于朝，遣人迎去。此言亦无可据，今存其所书寿佛禅寺四大字。”

“建文下落，为历史疑案之一，类如上述之‘传说’颇多，大抵皆反映了当时‘臣民’对于建文之思慕。明太祖晚年猜疑好杀，忆杂书曾载一事，谓建文进言，以为诛戮过甚，有伤和气。异日，太祖以棘杖投地，令建文拾之，建文有难色，太祖乃去杖上之刺，复令建文拾之，既乃诏之曰：我所诛戮，皆犹杖上之刺也，将以贻汝一易恃之杖耳？”这一故事，也描写到建文之仁厚及太祖之用心，可是太祖却料不到最大之刺乃在其诸王子中。

明末最后一个小朝廷乃在广西，故广西死难之忠臣亦不少；这些前朝的孤忠，到了清朝乾隆年间，皆蒙“恩”与死于流贼诸臣，同受“赐谥”之褒奖。清朝的怀柔政策，可谓到家极了。

说到这里，似乎又触及文化什么的了，那就顺笔写一点这里的文化市场。

桂林市并不怎样大，然而“文化市场”特别大。加入书业公会的书店出版社，据闻将近七十之数。倘以每月每家至少出书四种（期刊亦在内）计，每月得二百八十种，已经不能说不是一个相当好看的数目。短短一条桂西路，名副其实，可称是书店街。这许多出版社和书店传播文化之功，自然不当抹煞。有一位书业中人曾因作家们之要赶上排工而有增加稿费之议，遂慨然曰：“现在什么生意都比书业赚钱又多又稳又快，若非为了文化，我们谁也不来干这一行！”言外之意，自然是作家们现在之斤斤于稿费，毋乃太不“为了文化”。这位书业中人的慨然之言，究竟表里真相如何，这里不想讨论，无论主观企图如何，但对文化“有功”，则已有目共睹，至少，把一个文化市场支撑起来了，而且弄得颇为热闹。

然而，正如我们不但抗战，还要建国，而且要抗建同时进行一样，我们对于文化市场，亦不能仅仅满足于有书出，我们还须看所出的书质量怎样，还须看看所出之书是否仅仅为了适合读者的需要，抑或同时亦适合于文化发展上之需要。举个浅近的例，目前大后方对于神仙剑侠色情的文学还有大量的需要，但这是读者的需要，可不是我们文化发展上的需要，所以倘把这两个需要比较起来，我们就不能太乐观，不能太自我陶醉于目前的热闹，我们还得痛切地下一番自我批判。

大凡有书出版而书也颇多读者，不一定就可以说，我们有了文化运动。必须这些出版的东西，有计划，有分量，否则，我们所有的，只是一个文化市场；我们对文化运动无大贡献，我们只建立了一个文化市场。这样一桩事业，照理，负大都责任者，应是所谓“文化人”，但在特殊情形颇多的中国，出版家在这上头，时时能起作用，过去实例颇多，兹可不赘。所以，我在这里想说的话，决非单独对出版家——宁可说主要是对我们文化人自己，但也决不想把出版家开卸在外，因为一个文化市场之形成，不能光有作家而无出版家，进一步，又不能说与读者无关。

我想用八个字来形容此间文化市场的几个特点。这八个字不大好看，但我决不想在此骂人，我之所以用此八字，无非想把此间文化市场的几个特点加以形象化而已，这八个字便是："鸡零狗碎，酒囊饭桶！"

这应当有一点说明。

前些时候，此间书业公会开会，据闻曾有提案，拟对剿袭他家出版品而成书的行为，筹一对策，结果如何，我不知道。说到剪刀浆糊政策在书业中之抬头，似乎由来已久，但在目前桂林文化市场上，据说已经相当令人头痛，目前有几本销路不坏的书，都是剪刀浆糊之结果。剪刀浆糊不生眼睛，于是乎内容之庞杂芜秽，自属难免。尤其奇想天开的，竟有剿取鲁迅著作中若干段，裒为一册，而别题名为《鲁迅自述》以出版者。这些剪来的东西，相应不付稿费版税，所以获利尤厚，据说除已出版者外，尚有大批存货，将次第问世。当作家要求增加版税发议之时，就有一位书业中人慨然认为此举将助长了剪刀政策。这自然又是作品涨价毋乃"太不为了文化"同样的口吻，但弦外之音，却已暗示了剪刀之将更盛。呜呼在剪刀之下，一部书之将被依分类语录体而拆散，而分属于数目名目不同之书中；文章遭受了凌迟极刑，又复零碎拆卖，这表示了文化市场的什么呢？我不知道。但这样的办法，既非犯法，自难称之曰鸡鸣狗盗，倒是这样的书倘出多了，若干年以后也许会有另一批人按照从《永乐大典》中辑书之例，又从而辑还之，造成一“新兴事业”，岂不思之令人啼笑皆非么？但书本遭受凌迟极刑之现象既已发生，而且有预言将更发展，则此一特点不能不有一佳名，故拟题曰“鸡零狗碎”云尔。

其次，目前此间文化市场除了作家抱怨出版家只顾自己腰缠，不顾作家肚饿，而出版家反唇相讥谓作家“太不为了文化”而外，似乎都相安无事，皆大欢喜。文化市场被支撑着，热热闹闹，正如各酒馆之门多书业中人一样热闹。热闹之中，当然亦出了若干有意义的好书，此热闹之中，又不容抹煞，应当大书特书。不过，这种热闹空气，的确容易使人醉——自我陶醉，这大概也可算是一个特点。无以名之，姑名之曰：“酒囊。”而伴此来者，七十个出版家每月还出相当多的书，当然也直接间接解决了不少人的生活问题，无怪在作家要求维持版税旧率时，有一先生曾经以“科学”方法证明今天一千元如果可出一本书到明天便只能出半本，何以故？因物价天天在涨，法币购买力天天在缩小。由此所得结论，作家倘不减低要求，让出版家多得利润，则出版家经济力日削之后，作家的书也将不能再出，那时作家也许比现在还要饿肚子些罢？这笔账，我是不会算的，因为我还没干过出版，特揭于此，以俟公算。而且我相信这是一个问题，值得专家们讨论。不过可喜者，现在还不怎样严重，新书店尚续有开张，新书尚屡有出版，这大概不能不说是出版家们维持之功罢？文化市场既然还撑住，直接间接赖以生活者自属不少；而作家当然也是其中之一。近来还没有听见说作家中发现了若干饿莩，而要“文协”之类来布施棺材，光这一点，似乎已经值得大书特书了罢？用一不雅的名儿，便是“饭桶”：这一个文化市场，无论其如何，“大饭桶”的作用究竟是起了的。于是而成一联：

饭桶酒囊亦功德，

鸡鸣狗盗是雄才。

一九四二，桂林

谈排队静候之类

等候公共汽车，应当排队。自从“有碍观瞻”的木栅拆去以后，候车者的长蛇阵居然排得崭齐。当然也还有“弁髦法令”之辈使得群氓侧目，但此辈既非老百姓，自应例外，老百姓确是兢兢业业守法奉纪的。

排队静候的习惯确是在这几年来养成功了。现在是买米，买盐，买电影票，戏票，轮渡售票处，差不多只要十人以上就会“单行成列”起来。如果有人问我：七年来老百姓得到些什么？我会毫不迟疑地答道：排队静候就是一件。将来有谁要写一本例如“抗战期中我民族之进步”一类的书，我以为这一项是不应当遗漏的，因为，从这一项上，也可以证明老百姓程度之如何不够，连这一点点守秩序的 ABC 也得训之又训而始能，由此可知今日备受盟友指摘的行政效率之低，以及其他种种的不上轨道，理合见怪不怪，而这个责任当然相应由老百姓自己去负了。

而况臭虫外国也有。

不过，要是公共汽车数量充足，要是坐在小洞后边的售票员眼明手快些，要是……凡须排队静候的场合都添些合理性和计划性，那自然更好，至少“静候”的工夫会减少些——虽然这在训练老百姓之耐性这一点上也许是得不偿失的。

时间的意义，在排队静候的当儿，好像看不出它的重要性来。譬如候车，要是你能断定每隔半小时或数十分钟准有一辆车开到，那你的“静候”便不会没有时间的意义；又譬如排队买油盐之类，要是你能预先见到“静候”的结果是“今日货已卖完”，那你大概也要算一算你的时间究竟有没有更好的方法去浪费掉，然而不幸是两例之中包含的未知数太多了，叫你简直不敢再作“时间”换得 XYZ 的奢望，只是当作在受排队训练罢了。但这，实在也只是小市民知识分子如笔者之流的想法。老百姓——“老百姓”的心情不能那样悠闲。我曾经在某一清晨，经过某街，看见什么店外的长蛇之阵已经有半里远，旁人告诉我：此辈排队静候者在天未破晓时就已经来了。他们已经等候了四五小时，然而那什么店的排门依然紧闭，因为，还没到办公时间！

这里我们又碰到了“时间”这两个字了。同是这两个字，在门内的办公者的字典上，自然是和门外的长蛇之阵的静候者的字典上，各有各的意义的。在门内的字典上，“时间”这两字神圣得很，差一秒钟，大门是不开的；在门外那一群的字典上，“时间”比脚底下的泥还不如，所以天未破晓就来了。大人先生们闻（不是看见）有此等情形，怫然作色曰：“真是胡闹，不成话！一点时间观念都没有。唉，这样的老百姓，这样的落后！太不够程度了，所以公家办事困难！”

落后，不够程度：摸黑起早到什么店外排队的老百姓诚惶诚恐不敢——也不知如何自辩。但是尽管落后，老百姓们却懂得比大人先生更明白：要是不会静候半天所得的结果是“今日货已售完”，他们也未必那么高兴赶早的。而且，即使摸黑起早，等候五六小时之后“门”开了，但是：里把长的队伍尚未过半，而“今天货完”的牌子又挂了出来，老百姓们明天还是要摸黑起早来等候。老百姓的“落后性”就有这样顽强的。这中间的道理，大人先生们是不愿亦不屑想一想，他们大概只淡淡一笑道：“他们的时间不值钱！”

诸如此类，“时间”在各色不同人们的字典上有其不同的“意义”与“价值”。

如果要找一个大家字典上意义与价值相同的“时间”，我以为这几年来我们是用血的代价找得了一个了：这便是“空间换取时间”一语中的时间。虽然在极少数人的字典上，甚至连这一个“时间”也另有新解的。至于最近这“时间”竟也像摸黑起早者被嗤为不值钱，或是会不会弄到那些摸黑起早者的下场，那就请读者们去想一想罢，事有不忍言者，亦有未许详言者！呜呼，时间！

（一九四四，七月，十九日，敌犯怀远。）

闻笑有感

笑是喜悦的表示，动物之中，大概只有人类有这本领罢。猴子也能作笑的姿态，但亦不过是姿态而已，看了不会引起快感，或且以为丑。至于微笑，冷笑，苦笑……等等复杂的不尽是表示喜悦而别有滋味的各式之笑，那更是人类所独特擅长。

简直可以说，愈是思想情绪复杂且多矛盾而变态的人，笑之内容也愈为复杂而多变态；原始意味的笑——即天真的笑，差不多很难在这样人们的脸上找到了，通常我们见到的，倘不是虚伪的笑便是恶意的笑，这又是人类比猴子高明的地方，猴子大概作不出虚伪的笑，而且大概也没有恶意的。

但是也还有若干种类的笑，其动机似可索解却又未必竟能索解。譬如青年的疯女人，一丝不挂出现于大街，此时围观者如堵，笑声即错杂起落，如果再有一个无赖之徒对疯妇作猥亵之动作，旁观者就一定会哄然大笑。

这样的笑，当然并不虚伪，确是“真情之流露”，远远听去，你会猜想这所笑者一定是一件可喜的事；那么，这是恶意的笑了，可又不尽然，当然说不上含有善意，但围而观者之群其中百分之九十九与此疯妇确无丝毫的仇恨，既无仇恨，则看见她在那样悲惨的境地而犹受无赖子的欺侮，纵使不生同情亦何必投之以恶意的笑呢？然则是缺乏同情心的缘故么？在此一场合，围观者同情心之薄弱，即就“围观”一举已可概见，自不待论；但是同情心之缺乏并不一定造成那样纵声狂笑的结果。假如有一位绅士在场，恐怕他是不笑的，虽然这位绅士跟围观之群比较起来，心地要肮脏得多，白天黑夜，他时时存着损人利己之心，而围观之群却确是善良（虽则赶不上那位绅士的聪明）的人们。

这样看来，恐怕只能把这种变态的笑解释为并无意义的动作，这恐怕是神经受了不寻常的一刺骤然紧张而起的一种反应，这中间并无恶意，当然也未必带有幸灾乐祸的成份。但“一半是神，一半是兽”的万物之灵，在这当儿，然却突褪落了“神”的光圈，而呈现了赤裸裸的“兽”的本色，大概也是不能讳言的事罢？

在街头遇到了这种的笑，并不比在雅致的客厅中遇到了虚伪的笑，更为舒服些，不过那不舒服的滋味应当是不相同罢？前者是悲哀而后者是憎恶。在前者，我们感到文化教育教养力之不足，在后者，我们看见了相反的作用——“人”非但未能净化，反倒被“教养”得更卑鄙龌龊了！我不得不承认：那种无意义的原始性的傻笑，虽使我听了战栗，可是比起客厅中高贵人们的虚伪的——可又十分有礼貌的笑，至少是“天真”些罢？

不过在大街上那样笑的机会究竟不多，常见者乃在室内。在文雅的背景前，有“教养”的嘴巴绘声绘影地在叙述一些惨厉的故事的时候，听到了那样野性的放纵的笑声，其使人毛骨耸然，当亦不下于大街。这时的笑，当然决无虚伪，可也不见得如何“天真”，这里可以嗅出自私的气味，讲述者和听而笑者似乎都把这当作一种娱乐，一种享受，他们似乎习惯了要把血腥的人类灵魂被践踏的故事当作饱食以后的消化剂，把别人的痛苦当作自己开心的资料。这原来不是没有“教养”的人们所知道的。

人们说近来有些话剧，颇重“噱说”，于是慨叹于“低级趣味”之盛行，但是，见“噱头”而笑，即使是“低级趣味”罢，亦不过趣味低级而已；事有甚于此者，即并非“噱头”而且简直是不应当笑的地方，也往往听到喷发的笑声，叫人觉得突然觉得就是疯女人出现在大街上所引起的同样的声音。有一次我看电影，就在我近旁发出了这样变态的笑声；后来我留心看那几位“可敬的人们”，确也是衣冠楚楚，一表堂堂，标明是有“教养”的——即不是粗人，换一句话，就是那些看腻了

“噱头”转而要从血腥和眼泪中寻取笑料的人!

人的感情有能变态到这样的地步的，这是人的堕落呢或是“进化”，自不待论；不过再一想，在众人的骷髅堆上建筑起一人的尊严富贵的，今世实在太多了，那么，仅仅在话剧或电影上找寻这样发泄的家伙，实在也不足责了。

剩下来的一个问题是：到了还没看腻“噱头”的小市民群的钱袋也不大宽裕而不得不依靠那些连“噱头”都已看腻而转要从血腥与眼泪——别人的痛苦中找寻娱乐的人们作为基本观众时，我们的戏剧将怎样办呢?

也许这是杞忧，现在这大时代有的是能使人痛快地一哭因而也就能健康地一笑的题材。但是看到那依然如故的“尺度”，我不能不担心我这个忧虑迟早要成为问题了。

（一九四四年十月）

谈 鼠

闲谈的时候偶尔也谈到了老鼠。特别是看见了谁的衣服和皮鞋有啮伤的痕迹，话题便会自然而然的转到了这小小的专过“夜生活”的动物。

这小小的动物群中，大概颇有些超等的“手艺匠”；它会把西装大衣上的胶质钮子修去了一层边，四周是那么匀称，人们用工具来做，也不过如此；女太太们的梆硬的衣领也常常是它们显本领的场所，它们会巧妙地揭去了这些富于浆糊的衣领的里边的一层而不伤及那面子。但是最使我敬佩的，是它们在一位朋友的黑皮鞋上留下的“杰作”：这位朋友刚从东南沿海区域来，他那双八成新的乌亮的皮鞋，一切都很正常，只有鞋口周围一线是白的，乍一看，还以为这又是一种新型，鞋口镶了白皮的滚条，——然而不是！

对于诸如此类的小巧的“手艺”，我们也许还能“幽默”一下。——虽然有时也实在使你“啼笑皆非”。

可惜它们喜欢这样“费厄泼赖”的时候，并不太多，最通常的，倒是集恶劣之大成的作法。例子是不怕没有的，比方：因为“短被盖”只顾到头，朋友A的脚指头便被看中了，这位朋友的睡劲也真好，迷迷胡胡地，想来至多不过翻个身罢了，第二天套上鞋子的时候这才觉得不是那么一回事，急忙检查，原来早已血污斑剥。朋友B的不满周岁的婴儿大哭不止，渴睡的年青的母亲抚拍无效，点起火一看，这可骇坏了，婴儿满面是血了，揩干血，这才看清被啮破了鼻冲了。为了剥削脚指头上和鼻孔边那一点咸咸的东西，竟至于使被剥削者流血，这是何等的霸道，然而使人听了发指的，还有下面的一件事。在K城，有一位少妇难产而死，遗体在太平间内停放了一夜，第二天发见缺少了两颗眼珠！

“鼠窃”这一句成语，算是把它们的善于鬼鬼祟祟，偷偷摸摸，永远不能光明正大的特性，描摹出来了。然而对于弱者，它们也是会有泼胆的。它们敢从母鸡的温暖的翅膀下强攫了她的雏儿。这一匹可怜的母鸡，抱三个卵，化了二十天工夫，她连吃也无心，肚子下的羽毛也褪光了，憔悴得要命，却只得了一只雏鸡；这小小的东西一身绒毛好像还没大干，就啾啾的叫着，在母亲的大翅膀下钻进钻出，洒几粒米在它面前，它还不知道吃，而疲惫极了的母亲咕咕地似乎在教导它。可是当天晚上，母鸡和小鸡忽然都叫得那样惨，人们急忙赶来照看时，小鸡早已不见影踪，母鸡却蹲在窠外地上，——从此她死也不肯再进那个窠了。

其实鸡们平时就不愿意伏在窝里睡觉。孵卵期是例外，平时它们睡觉总喜欢蹲在什么竹筐子的边上，这大概是为了防备老鼠。因此也可想到为了孵卵，母鸡们的不避危险的精神有多么伟大！江南养鸡都用有门的竹笼，这对于那些惯会放臭屁来自救的黄鼠狼，尚不失为有效的防御工事，黄鼠狼的躯干大，钻不进那竹笼的小方格。但是一位江南少妇在桂林用了同样的竹笼，却反便宜了老鼠；鸡被囚于笼走不开，一条腿都几乎被老鼠咬断了。

但尽管是多么强横，对于“示众”也还知道惧怕。捉住了老鼠就地钉死，暴尸一二日，据说是颇有“警告”的效力的。不过这效力也有时间性，我的寓所里有一间长不过四尺宽长二尺许的小房，因其太小，就用以储放什物，其中也有可吃的，都盖藏严密，老鼠其实也没法吃到，然而老鼠不肯断念，每夜都要光顾这间小房。墙是竹笆涂泥巴的墙，它们要穿一个孔，实在容易得很。最初我们还是见洞即堵，用瓦片，用泥巴，用木板，后来堵住了这里，那边又新穿了更大的洞，弄得到处千疮百孔，这才从防御而转为进攻。我们安设了老鼠夹子，第一夜，到了照例的时光，夹墙中固然照例蠢动，听声音就知道是一头相当大的家伙，从夹墙中远远地奔来，毫不踌躇，熟门熟路，直奔向它那目的地了，接着：拍叉一声，这目无一切的家伙固然种瓜得瓜。这以后，约有个把月，绝对安静，但亦只有个把月而已，不能再多，鼠夹子虽已洗过熏过，可再也无用。当然不能相信老鼠当真通灵，然而也不能不佩服它那厉害的臭觉。我们特别要试验这些贪婪的小动物抵抗诱惑的决心有多大多久。我们找了最香最投鼠之所好的东西装在鼠夹子上，同时厉行了澈底的"清野"，使除此引诱物外，简直无可得食。一天，两天，没有效；可是第三天已经天亮的时候，我们被拍叉的声音惊醒，一头少壮的鼠子又捉住了，想来这是个耐不住馋的莽撞的家伙。

然而这第二回所得的安静时间，只有一个星期。

不但嗅觉厉害，老鼠大概又是多疑的，而且警觉心也提得相当高。鼠药因此也不能绝对有效，除非别无可食之物，鼠们未必就来上当；特别是把鼠药放在特制的食物中，什九是徒劳。扫荡老鼠似乎是个社会问题，一家两家枝枝节节为之，决不是办法。记得前些时候，报上载过一条新闻，伦敦的警察和市民合作，举行了大规模的扫荡，全市于同一日发动，计用去鼠药数万磅，粮食数吨，厨房，阴沟，一切阴暗角落，全放了药，结果得死鼠数百万头。数百万这数目，不知占全伦敦老鼠总数的几分之几，数百万的数目虽然不小，但是伦敦的老鼠全部毒死，恐怕也不近事理。自然，鼠的猖獗是会因此一举而大大减少的，不过这也恐怕是一个时间问题。

似乎凡有人类居住的地方就不会没有偷偷摸摸的又狡猾贪婪的丑类。所差者，程度而已。报上又登过一条消息：重庆市卫生当局特地设计了防鼠模范建筑。我们可以相信这种模范建筑会比竹笆涂泥巴的房屋要好上几百倍；然而我们却不敢相信这样一道防线就能挡住了老鼠侵略的凶焰，当四周都是老鼠繁殖的好场所的时候，一幢的好房子也只能相当的减少鼠患而已。老鼠是一个社会问题，没有市民全体的总动员，一家两家和鼠斗争，结果是不容乐观的。但这不是说，斗争乃属多事，斗争总能杀杀它们的威；不过一劳永逸之举，还是没有。

人们的拿手好戏是妥协。和老鼠妥协，恐怕也是由来已久的。人，到底比老鼠会打算盘，权衡轻重之后，人是宁愿供养老鼠，而不愿因小失大，损坏了他们认为值钱的东西。鼠们大概会洋洋得意，自认胜利，而不知已经中了人们的计。有一家书店把这妥协方策执行得非常澈底，他们研究出老鼠们喜欢换胃口，有时要吃面，有时又要吃米，可是老鼠当然不会事前通知，结果，人们只好每晚在书栈房里放一碗饭和一碗浆糊，任其选择。据说这办法固然可以相当减少了书籍的损坏，如果这样被供养的鼠类会减低它们的繁殖力，那问题倒还简单，否则，这妥协的办法总有一天会使人们觉得负担太重了一点。

在鼠患严重的地方，猫是照例不称职的。换过来说，也许本来是猫不像猫，这才老鼠肆无忌惮，而且又因为鼠患太可怕了，猫被当作宝贝，猫既养尊处优，借鼠以自重，当然不肯出力捕鼠了；不要看轻它们是畜生，这一点骗人混饭的诀窍似乎也很内行的呢！

（三月十七日）

东条的“神符”

不久以前，在报上看到一条新闻，说是日本军阀送给希特勒一份厚礼：神符一万！

此所谓“神符”，大概也就是“千人针”之类，佩戴了这种神符，假定可以消灾免难，吃了败仗也还可以逃得一条命罢？我们捉到的日本俘虏身上就有一两个“千人针”的。东条拿这样的宝贝恭而敬之送给希特勒，而且不迟不早，正当希特勒在东线大吃败仗，一再“依照原定计划”狼狈溃窜，而“欧洲堡垒”又连挨每天几千架飞机的轰炸，第二战场即将开辟的时候，受到这一万神符，希特勒真该苦笑不得罢？

这倒也不能说是东条存心开希特勒的玩笑，这一万张神符就等于说：“朋友，对不起，我自顾不暇，祈求菩萨保佑你罢！”

东西两个强盗之末日不远，这已是命定的了。然而也不可遂谓他们已经没有最后挣扎的力气。老鼠被追急了的时候，也会张牙舞爪同人反扑；何况德日两法西斯国家的军事力量仍很强大。日本的武力，不用说是比不上德国的，可是在太平洋上他的防御网还没被破坏，在中国战场他还能狼奔豕突，随心所欲。据中央社中太平洋美军总部特派员五月二十三日电："同盟国在太平洋战争中所遭遇的一个重大问题，就是如何突破加罗林和马里亚纳两群岛的日方防御网，以攻到中国海岸。这是一个困难工作，因为两群岛共有岛屿一千四百座，加罗林群岛以库萨伊为起点，在马绍尔的爪加林西南四百二十五哩，由这里有一条二十哩长累累如锁链的岛屿群，通到帛琉。帛琉西距菲律宾群岛日方重要根据地利华兹，不过五百二十九哩。"只看这简单的叙述，就可以想见太平洋上的天然障碍，也是日本军阀顽抗的一付本钱了。但是这不是说，这样的障碍就无法克服。大家都知道，要扫除这巨大的防御网，只有钢铁和火。而在钢铁和火的背后还须有钢铁一般的意志和火样旺盛的攻击精神。

话再说回来，东条的所谓"神符"。日本军阀固然乞灵于所谓"神符"，可是他们也绝不忘记了钢铁和火。他们从没一日忘记了加紧军火的生产，飞机，坦克，大炮；他们也从没一日放松了对于占领区的统制，榨取，和掠夺一切的人力和物资。

而且他们的所谓"神符"，也不单是东条送给希特勒那一套，他们还有更凶险毒辣的“神符”。——这是挑拨离间同盟国家的精诚团结的“神符”！这一套“神符”，东条有他的东条版，希特勒有他的希特勒版；佩这一套“神符”的鬼魅，现在还戴着各式各样的面具，钻在反法西斯的阵营内兴妖作怪。

东条还有其他的“神符”。在缅甸，马来亚，菲律宾，东条的“神符”是民族解放的骗局，组织伪军代替“皇军”送死；印奸鲍斯是其中最大的一张“神符”。在中国沦陷区，除了汪记傀儡在扮演猴戏，东条的“神符”就更多了。姑不说利用奸商偷运自由区的粮食棉花木材等等，单看他们的“王道文化”：鸦片，白面，赌博，娼妓，读经，色情文学，封建毒素的电影，——这许许多多五光十色的“神符”像天罗地网一般，将我们沦陷区的同胞送入了阿鼻地狱。

不光是这些，东条还有一张可怕的“神符”；说是可怕，因为一般人民不容易认清它是东条所玩弄的“神符”，因为它和鸦片，白面，嫖，赌等等比起来，另是一付面孔，这是什么呢？这就是各种神道迷信的小小的宗教团体；这是具有地方性的小团体，念咒，授符，设坛，聚徒，方式大同而小异。汉奸和间谍以此为隐蔽所，为策源地，来进行各种危害民族的勾当，例如北方的“无极道”。这些地方性的神道迷信团体好像是垃圾堆，分子庞杂，最易藏垢纳污，信徒们知识愚蒙，又最易受人利用。这便是何以会被日本军阀看中了，变成他们的“神符”。

上面所举各种无形的“神符”，实在都比东条送给希特勒的那一种有形的“神符”凶险得多，而且也有相当的效验。但是我们又不要以为东条给他自己士兵的，只有那不中用的几寸废纸——那滑稽的所谓“神符”；这一道有形的“神符”既不能使佩带者刀枪不入，也不会催眠他使拼死命，我们捉到的俘虏身上大都会有这些玩意儿，就是一个明证。然而日本士兵的顽强却又是个事实。最近报上登载缅境一盟军高级将领的话，就也说到，“日军是会打仗的，而且有着像蚂蚁一样的耐性”。那么，究竟是什么东西使得日本士兵“有着蚂蚁一样的耐性”呢？究竟日本士兵的顽强性的根源在那里呢？是不是东条给他的士兵的还有另一种“神符”？

可以说是有的。日本军阀另有一道使他们的士兵顽强拼死的“神符”。说出来似乎并不出奇，这一道无形的“神符”，对日作战七年的我们早已领教过的战争初期，这秘密就被发现了。一个受伤之后尚在顽抗而终于被我们生俘了来的日本士兵，在受到我们的优待以后，才说出他所以拼死命顽抗的原因道，“我以为被俘了是要砍头挖心肝的，现在才知道那是骗我们的胡说。”日本军阀曾经怎样无耻地欺骗着恐吓着他们的士兵——要他们拼死要他们卖命！

这是一个老故事，——虽然曾经有过效验然而又是多么拙劣的一道"神符"。不过现在这一道日本"神符"又修改了一些面目。日本军阀现在要他们的士兵知道他们的所作所为已经惹起了全世界人民怎样深刻的仇恨，日本人已经被放在天怒人怨的地步，日本军阀现在要用全世界人民复仇的决心来作为资本，恐吓着驱策着他们统治下的日本人民士兵为他们出死力，卖命！这就是"日本军有着像蚂蚁一样的耐性"的原因。日本士兵现在是被消灭的恐怖所袭击而疯狂地拼命！日本人民现在也是在被消灭的恐怖下拼命！这是东条他们给他们的士兵们的一道无行的"神符"！

东条不止一次地狂喊的"帝国已临生死关头"，就是这一道无行"神符"的咒文。从这呼声，我们看出了日本军阀的战栗，日暮途穷；然而我们也须观察出这中间的阴狠，我们不能一味高兴。

和"千人针"同属一类有形的日本"神符"是不足畏的，这只是荒唐滑稽的玩意。然而上述的各式各样无形的"神符"却有它们各自的作用。为了对抗这些"神符"，我们也得有些"灵符"——如果我们不觉得"符"字借用得近乎迷信。

我们对抗的"灵符"是什么呢？

第一，是钢铁加上"人和"；第二是纪律加上民主。我们不但要用枪炮武装我们的士兵，也要用进步的政治思想来武装他们的头脑。我们要用民族团结和民主政治来消解东条他们的一切五光十色的毒辣的“神符”！

一九四四年五月二十四日

第二辑

一九四三年试笔

在北半球的我们逢到过年，便预想到寒冬将尽，阳春在望，于是便有了种种新的计划，新的希望。有人以为在地球绕日而行的椭圆形轨道上，任取一点，算是过年，亦何尝不可，但我想来，把过年放在冬尽春来的时候，意义自然更好。

我们北半球的人们过冬的时候，南半球的人们正在过夏，然而他们亦不能不跟着我们过年，这有点近乎开玩笑。这是因为人类文明肇源于北半球，住在北半球的文化先进的人民，依他们的主观（虽然这在他们是没有什么不合理之处）定了过年的时节，南半球的人们便只得奉行了。然而，在他们那边既是炎夏将完，萧杀来临，则过年的感想大概会和我们的不很同罢？不但他们，即使是住在两极圈边沿，若干月为昼又若干为夜，仅数昼夜即等于我们一年的人们，大概也是跟着我们一样过年的罢？不用说，我们这里所有关于过年的感想以及我们旧文学中一切与“年”有关的词藻，在他们那边，是完全不适用了。

有时也觉得，“年”一定要“过”，亦未免无聊；而且会有感想，也是太公式了罢？但你的周围既在过年，而且过的闹烘烘，而且你又有在这时油然有感的“传统”，那么，就随它感一下罢！新的希望如何？新的计划又如何？自然应该有，可是当你明知道世事的变革，决不像冬去春来那样简单而必然，你亦总不免有点爽然自失罢？于是会觉得善颂善祷近于自解嘲，于是除了原则上确信其无可置疑，比如人类社会总是在向前发展，虽则走的是迂回曲折的路，光明终将战胜黑暗，真理总必克服偏见、武断、盲从——等等的大关节目、其他一切人事变化，你便将想得更实际些罢？于是，也许不但前望，且要后顾。而且将以过去的经验来订正你未来的推测；于是，感想之中将有不少回忆的成份了。

抗战以来，过了五个年了，眼前又是第六个。对比国家民族的前途抱着极大的热望的人们，在这多事多难的五个年头，每年过年的感想大概是各不相同的罢？今年也许是乐观成份最多的一年，然而谁又敢无条件的一味乐观呢？回忆一下也许是有益的，回忆能使我们深思，而且，这五年的种种，但凡是有心人，回忆时总不能不战栗，不能不低声叹道：今天我们抗战到底是抗定了，日寇之必败也是定了的了，然而我们之有今日，一方面看，虽属必然，另一方面看，又何其艰险，何其徼幸！历史上空白的一页（这是自今以后的一页）正待我们去写，但是我们不是在空白的历史上落笔，所以过去的阴影会掩蔽了想像中未来的光明，人生是不断的斗争，摆在我们前面的，还有无数的艰苦的斗争。

在这样的大时代中，个人的生活变迁，实无足道，但我们既生活在这时代，亦可以从个人的遭遇中看出时代的几分之几的历史，即以过年而论，五年来，不，连现在算应是六年，个人没有接连在一个地方度过两个年头。因此，回忆的感想，也就复杂得很，然而，我自觉得尽管天南地北过了五个年，时代轮转快慢的脉搏还是对我起了作用。二十六年新历年我刚从上海到了香港，旧历年在长沙，那时南京失陷不久，敌人气焰正盛，然而武汉的新气象给人们以鼓舞，尤其是年青人觉得一身是劲。二十七年新历年我刚从香港到昆明，其时汪逆叛国，中央正宣布其罪状，抗战阵营的整饬也给人以兴奋；旧历年在兰州，那时兰州正开始成为对外交通的重要枢纽，那时滇越铁路的运输能力有限，而滇缅路尚未完工。二十八年新旧历年都在迪化，这又是迪化的多事之年，而大后方亦正多事。二十九年新旧年都在重庆。三十年的新历年在沦陷后的香港，我们正从一家被日寇征用的旅馆搬到另一家，正看着对海九龙仓库的火焰尚未熄灭，旧历年却在敌人退出仅五六天的惠阳，我们在船上，准备到基隆。眼前这新旧两个年头，大概又要在重庆过了，这算是抗战以来第一次在同一地方又过了个年头。

现在正当世界大战的转捩点。自然而然的结论，又是中国抗战的转捩点。有不少人大概预许自己明年在自己家乡过年了，虽然“不要无条件乐观”的警戒亦时有所闻。在家乡过年是可喜的，然而尤其可喜的，应当是中国有进步。我相信我们一定要有进步，我们已经到了不能不有进步的时候，世界局势的发展要求我们不能不朝进步的方向走，国内情势的发展也要求我们不能不努力再求进步。现在我们真所谓“得道多助”，就是自己再懒一点，日寇之必被打败，好像没有疑问；但抗战完了，还须建国，所以不能自己就此满足，这样的警惕，似乎天天在报上都能看到，然而我倒正怕因为天天在说，结果只不过是一句话；我们的长处是会看，也会说，而且说得头头是道。

谁也不会相信时辰钟在三十一年十二月三十一日的夜间铛铛铛敲了十二下以后，新年来了，便有什么不同，魔术似的万景更新了。但是，谁又不能感情的把好的希望寄托在一年之首？世事流转，新的早在旧的胎体中萌芽，分年而寄希望，原也不过习尚如此，姑且这样想；倘反过来看，从已经过去了的，现在还存在着的，亦就可以推断新年以后的“新”将觉怎样；但无论如何，对于将来失了信心的人，我总怀疑他怎么还有兴趣在这生活高涨的时候一天一天活着。我不大相信美满的世界一天可以实现，但我却相信一个人一念之转未必不能一天做到，这念头就是从此不要再醉生梦死那样过日子了。第六年的战争的炮火不知能够惊醒几多这样的人呢？谁也不敢说，然而也不能不希望。

我们住在北半球的人们迟早总能跟着地球的公转过一个年罢？迟早我们可以高呼：寒冬已去，春天来了罢？不要像南半球的人们那样过年才好。

“七七”感言

最初，大家心目中的战时生活一定是兴奋，紧张，刻苦，严肃，而且人与人之间也一定更亲切。这一次的战争是我们民族有史以来最伟大的战争，我们历史上找不出一个在规模上在性质上可以比拟并论的先例，因而当然的，我们的战时生活也理应是史无前例的。

现代战争，一个士兵在前方作战，得有五个人在后方生产，我们军队的装备较差，那么算他至少也该有三个人在后方生产；所以，前方紧张的时候后方要紧张，固不用说，而当前方相持，相当平静的时候，后方还是要那样紧张。这紧张，不但表现军火粮食等等的生产上，还应表现在一般的社会的风气，一般人的日常生活中。战时物资大量消耗，而且一切为了前线，所以刻苦是当然的。大敌当前，大家只有一个目的，人与人之间自然倍加亲切。这一些的认识当敌人在芦沟桥射出第一弹的时候，原是大家都已有了的，所以自然而然想到此后的战时生活一定是紧张，刻苦，而且人与人之间更加亲切，并且大家是这样确信的。淞沪会战的三个月，上海市民那种兴奋，那种热烈，至今思之，犹令人鼓舞。记得曾有这样的关于电影院停业的意见：后方人民应该无此闲逸心情去看电影，但前方将士应当有娱乐，电影须到前方去演映给士兵看。这话，看似太偏激，可实在是那时热情喷涌的一般人的想法。一般人即使在疲倦之时亦愿有娱乐来调剂，但感情上已经得在“大光明”的软椅上看那时的好莱坞片子实在不是那么一回味儿了。

自然，那时候上海市民那种紧张的生活和兴奋的情绪，希望它会普遍于后方一切城市，也许是过高的要求，而且人到底是人，战争长期化以后，人的神经可不能老是这样兴奋紧张，那会受不住的。所以后来后方各城市一些娱乐设备也逐渐恢复了。但无论如何，紧张，严肃，刻苦，亲切，总该是战时生活的原则。

现在抗战进入了第七个年头。严格的守着这战时生活原则的，自然是大多数的人民，可是毋庸讳言，那股劲儿是差了，自发的精神是差了，至于都市中一般的“太平”空气，则毋庸讳言，离开战时生活的原则相当远。因为生活费用一天一天高，大多数人为了生活，心情是“紧张”的，也不能不“刻苦”了，然而严肃热烈的劲儿是不够了；后方的脉搏也还跟着前方跳动，但动态是不同了：前方紧张，后方恐慌，前方平静，后方松弛。另外又加一点幻想：现在是有英美盟邦一同作战，所以最后胜利可坐而待之。还一种相当普遍的松懈和廉价的“乐观”，在目前即使还未到很严重的程度，至少是天天在增加其严重性的。

在社会的中上层，另一种心情也时时有之。因为看的方面广，看的深，知道在最后胜利未到以前，我们还有许多困难要待克服，还有许多新的困难随时会产生，千头万绪，好像不可爬梳似的，知道英美盟邦对于日寇还不能立刻发动巨大的攻势，敌人的强大压力还只是我们一肩担承：于是而焦灼，甚或苦闷，这一种心情，在社会中间阶段的知识份子或事业界，恐怕最易滋生。我们夸大了来看，固然不对，但也不应无视。今年春间有一位朋友从上海来，他刚来的时候，虽认为两年之内抗战可以结束，但过了一个春天，他的看法就从两年而至三五年，并且他那股劲儿差了许多。这又是上述两种心情先后见于一身，这虽然未可执以概括，但也值得我们研究而深思的罢？

然而这一些，应该是早在意料之中。我们没有理由观悲。在长期战争中，民族经受着空前的锻炼，如果始终没有那样的心情上的波动，那是太理想的事。民族的潜力是伟大的，我们已经度过了艰难困苦的六年，便一定也能度过同样或更艰难困苦的以后的若干年。只有一点必须要做：正视现实，不馁不矜，紧张，严肃，刻苦，——再加上热烈，鼓舞人心，提高情绪。我们要用笔用舌把战争初年的兴奋亢扬的热情再度在广大的国土上燃烧起来！六年以前，我们怀着一个进入新时代的庄严而快乐的心情，接受了抗战的炮火，现在我们则以百倍庄严而快乐的心情，再加以百倍的黾勉惕厉，来迎受这新时代诞生前的阵痛，用我们坚决的意志，火炽的感情，迎头击退那些松懈，萎靡，消沉，奢侈的不祥之风！

（一九四三年六月廿四日）

回忆是辛酸的罢，然而只有激起我们的奋发之心！

辛亥年的上半年，我在满洲府中学读书，校长是沈谱琴先生，但那半年，由钱念劬（恂）先生来代了。放暑假以前，不知从那里传来的剪辫运动也波及到这个中学校。同学之中剪去了两三对辫子，为什么是“对”呢？因为那时辫子的剪掉是两人一对以“你剪我也剪”的比赛或打赌的方式完成了的，所以不剪则已，剪必成对。

那时我们并未尝闻革命大义。中国革命运动史上的轰轰烈烈的几次失败的起义，我们都不知道。国文教员要是喜欢古文的，就教我们古文；喜欢骈体的，就教骈体。我们对于“国家大事”，实在知道的很少。但是对于辫子的感情却不好，我们都知道是“做奴隶的标帜”。因此，倘有一人对另一同学“下战书”说：“你若剪掉，我也剪”，那位被挑战的人便也毅然答知：“你敢剪，难道我不敢剪?”于是在两方都不肯示弱，都不肯自认甘为奴隶的相持局面下，两条辫子就同时剪掉了。

现在回想起来，那时各中学的剪辫子风潮，大概就是下半年革命高潮到来的前奏罢。

那年暑假后，我就转入嘉兴府中学读书了。

嘉兴府中学的校长是方青箱先生，教员中间有好几位是“革命党”。新剪辫子的同学也比湖州中学多了几个，而尤以我所在的三年级为最多。旧时五年制的中学校内，往往以三年级生为最喜“闹事”，似乎剪辫子也不能不首推三年级了。可是嘉兴府中学的同学也是未闻革命大义的，教员虽多“革命党”，可是有的是教几何的，有的是教代数的，理化的。我们对于朱希祖先生所教的周官考工记，以及阮元的车制考，实在感到头痛，对于马幼渔先生的左氏春秋传，也不大起劲，而且因为几何代数程度特别提高，差不多全副精力都对付这两门功课去了。

以我所经历过的三个中学而言（最后我还进过杭州的安定中学），那时的嘉兴府中学算是民主空气最浓厚的，师生之间，下了课堂便时常谈谈笑笑，有时亦上街吃点心，饮茶。那年中秋，我们三年级的几个同学，便买了些水果月饼酱鸡熏鱼还有酒，打算请三位相熟的教员共同在校中洋台上赏月。不料一位教几何的先生病了，教代学的先生新婚，自然要在家和新师母赏月，只有一位体操教员赏光。然而我们还是玩得很尽兴，差不多每个人都喝得半醉。

我特别记得这一回事，因为以后不久，又一件使我们兴奋得很的事发生了，便是武昌起义。

虽然我们那时糊涂得可笑，只知有“革命”二字，连中国革命运动史的最起码的常识也没有，我们不知道在这以前，有过那些革命的党派，有过几次的壮烈的牺牲，甚至连三民主义这名词也不知道，然而武昌起义的消息把我们兴奋的不得了。我们无条件的拥护革命，毫无犹豫地相信革命一定会马上成功。全校同学以自修室为单位，选派了同学，每天两三次告假出校，到东门火车站从上海来的旅客手里买当天的上海报，带回校里贴在墙上。买报的同学常常要上车去向乘客情商，方才买得，可是大家用竞赛的精神去干，好像这也就从事革命了。

革命军胜利的消息，我们无条件相信；革命军挫败的消息，我们说一定是造谣。

为什么我们会那样盲目深信？我们并不是依据了什么理论，更不是根据什么精密研究过的革命势力与反革命势力的对比；我们所以如此深信，乃是因为我们目击身受满清政府政治的腐败，民众生活的痛苦，使我们深信这样贪污腐化专横的政府，一定不能抵抗顺应民众要求的革命军。

这一个真理，我将永远深信！

几何、代数、考工记、左氏春秋传、都没有心思去读了。成天忙的是等报来、看报。然而可怜得很，我们的常识太缺乏，我们不能从报上看出革命军发展得怎样，我们是无条件相信胜利必然是“我们的”罢了。

不久，学校放假。这是临时假。我们几个同乡的一回到家乡，就居然以深通当前革命情势的姿态，逢人乱吹，做起革命党的义务宣传来了。虽然是不通火车的镇，但上海报隔日亦可到。一般的小市民都默认革命党之成大事已无疑问，然而最担心者是地方治安。因为，据他们看来，绿营兵老枪二十三名逃了以后，革命军倘还不来，则土匪之窃发是可虑的。于是办保卫团之议便渐渐成熟，这倒是真真的小市民义勇性质的商团，服装枪械自备。但后来革命既已成功，这也就解散了。

大概是阴历十一月中，大局底定，嘉兴府中学又重复开学。再到校上课时，老教员已经走了大半，新来一监学又说要整顿校风，师生之间的民主空气大不如前，终于在寒假大考以后，三年级我们几个同学还有别级的几个不安分的同学，在校里也起了一次小小革命，——毫无原则，专和那位学监捣乱一场，就一哄而散，各自回家。从此我们也被革出这嘉兴府中学。

这些事情，现在想起来，尚历历如在目前，那时我们这些毛头小伙子，当真浅薄得可笑，然而或许也还幼稚得可爱罢？于今又三十年了，三十年中，旧侣星散，早已音问久断，然而我相信这三十年中的几次大变革，当亦是同样的经过来的罢，自然，各人的感应不能像三十年前那次那样相同的了。中国的革命是艰苦而冗长的过程，在抗战第六年的今天来回忆已往的种种，多少烈士的热血和头颅，无数千万民众的痛苦与牺牲，然后把中华民国的招牌撑到今天，然后把一代一代的青年教育培养成革命的继承人，而尤其把这艰苦的抗战撑拄到而今，这是辛酸的罢，但只有激起我们的感奋，只有加强我们的信心，我们的为求民族自由解放的抗战必得最后的胜利，中国的革命大业最后必得全部完成。

这回忆是辛酸的罢，然而只有激起我们的奋发之心！有一朝，我们能够以愉快的心情再作这回忆，我想，这也不会很远的罢？然而，能以愉快的心情，来热烈庆祝这大节日的恐怕是我们下一代的儿孙。在我们这一代，恐怕笑颜之下总不免有辛酸。为的我们是从血泊中来，我们亲眼看见中华民族优秀儿女所流的血，实在是太多太多！

回忆是辛酸的罢，然而只有激起我们的奋发之心！

（一九四三年）

回忆之类

编辑先生希望我写点回忆，并且很幽默地说：“不敢以赋得双十命题。”言外之意我怕不了解么？然而，此时此地，大概还是只能“赋得双十”而已。回忆之类，因人而异，亦因时而异，当然更因地而异。现在还不是写信而有征的历史的时机。那么，即使是回忆罢，恐怕仍旧不免带一点“赋得”的气味，而况在三十多年前的那时，中学校里的我们的一位老师正从“周官考工记”而专门化到“阮元车制考”，把我们追得屎滚屁流，兀自喘不过气，所以对于国家大事，老实说，就同隔着一层雾似的。不过，当那一声焦雷打到了我们面前时，童稚之心也曾欢喜而鼓舞，也曾睁大了惊异的眼睛，痴望着那“龙战玄黄”的天地，好像这一切本在意中，要来的总归要来，而现在是终于来了而已。

对于三十多年前民族史上这一件大事，我之未尝流一点汗，——更不用说血了，由此是可想而道的；虽然我也模模糊糊给自己幻想了乃至预许了一个广阔自由的未来，但正如今天有些“可敬的人物”坐在沙发上看着报纸登出了盟军昨天进攻帛璃琉，后天将攻菲列宾而色然以喜，我那时决不想到自己应该何以自处，我只是笃定心思等候着去拾取我的“战果”。

结果，等候到了。等候到了什么呢？除了可以不必再拖辫子以及可以不必再在做国文的时候留心着“仪”字应缺末笔，此外实在什么也没有。于是乎我之不免于绝望，又是当然的事。但也马马虎虎。如果说这一段小小的童年的幻灭对于我也还发生了教训的意味。那是在十多年以后了，那时“考工记”和“车制考”早已忘得一字不“遗”！

如果这也可算回忆的话，这便是我的“赋得双十”的回忆。仅此而已。不曾流过血流过汗的人有什么值得回忆？而且三十多年以后的今天，也还不是那么一回事，大家早已不言而喻。

假若尚有可说的，我想，倒还是三十多年来的寡陋见闻中的若干“典型”的人事。庙是不曾动过，菩萨却换过多次。而只认庙不问什么菩萨的“可敬的人物”也纷纷逐逐，服装一套一套变换，忙得太可爱，得意忘形得太可怜。这且一笔略过。单说坐在庙里的罢，青面獠牙，杀气腾腾的，我们见过；不过下台以后照例总是低眉合十，宛然是个佛徒。当然这是既颇原始，因之亦不科学。于是而有戴浩然之巾，笑脸向人，鬼脸掩住，仁义道德不离口的人儿。但比之背后伸手接“门包”而当面一手假意推拒，满嘴说“本人最恨此种陋规”，活是民间文艺所创铸的那个“小丑”的典型的，似乎也还“本色”些儿。可是民众的智慧虽然创造了那典型，却还不曾叫这典型于既受“门包”之后又发议论，将“陋规”之公行归罪于老百姓之没有程度。五十年代的新物事，民间艺术是未尝梦见的！

从这些地方看来，三十多年来不能不说是有些“进步”的罢？记得前些时开参政之会，有人引明末之“职方多如狗，都督满街走”，弥致其慨叹；但我则另有感想，我觉得古人实在比我们小气。譬如魏忠贤，亦不过招摇纳贿而已，以我们今日眼光看来，这是何等平常的一件事，然而魏忠贤的门客们给他们这位老板造点生祠，提议请他将来在孔庙吃冷猪头肉，却就激怒了清议；当时确是“指名”直斥的。并且，三宝太监虽然早已下过西洋，而魏忠贤终于并无番邦可去。

不过，话又得说回来，倘以我之童年之同辈，和今日之尚在童年者相比，那进步又是显然的。今日之童年者，眼界是扩大得多了，头脑亦未必那样浑噩，——待要认定这是无量数的辛酸的血泪换来的罢，真叫人一则以喜，一则以悲。但愿他们将来所得的，不再是仅仅割掉辫子一条之类。而我相信是不会的。因为时代是不同了，世界是不同了，时代在前进，世界在前进，而最主要的，从民族的苦难的血泪中培养出来的他们是不会光坐在那里等待的。

我盼望不久的将来，在这一天，我们都有崭新的回忆。

（一九四四年十月）

文协五周年纪念感想

五年前，大概是二月中旬罢，我从长沙到了汉口，目的是呼吸一下那时弥漫于武汉三镇的蓬勃紧张的空气，带便呢，那时有一家书店找我去编一个期刊，我要和他们当面谈谈具体的办法。二月中旬的武汉还是相当的冷，但是只要太阳一出来，便到处荡漾着融融的春意。

那时候，跟着政府来到武汉的，不但有各机关的公务员，学生，职员，文化人，也有大大小小商店的老板，伙友以及各行的手艺工人。标明着“南京迁此”或“首都迁此”的酒楼饭馆点心铺裁缝店和理发室，几乎每条马路上都有几家。天字码头轮渡上涌来涌去的卖报童子也都是下江口音，如果和四个月前一比较，武汉当真是换了个样子。

然而，在这一切以外，将来史家要大书特书的，是这时期的奋发激昂的人心。这时候，政治中心和文化中心的武汉，确是个抗战的大洪炉，从各方面汇流而来的年青的热血，在这里沸腾。这一年的二月初旬，大概是反侵略分会的几周年纪念会罢，接连十天的扩大宣传，正轰轰烈烈在武汉举行，每天有一个群众大会，往中山公园去的大路上，排队赴会的公团接连成了几里路的长阵；十字路口，三五人一小队的，拿传声筒，喊着抗战口号。慰劳伤兵，救济难民，都在如火如荼进行。

就是在这样紧张热烈的空气中，文艺界的朋友们正在筹划全国文艺界大团结的组织，——全国文艺界抗敌协会。

成立大会的时候，我已经在广州；那时广州也在热烈举行黄花冈纪念节，接连三夜的十万人火炬游行。“中国诗坛”的诗人们都高擎着火炬，在大队中，从财政厅前面走到西濠口，火炬煤烟，熏黑了他们的面孔。

这都是五年前的事了。民族的神圣的抗战赖有全国军民的英勇流血，艰难辛苦地支撑了五年多，而全国文艺界抗敌协会也艰难辛苦的支撑了五年，几位负实际责任的朋友虽不会流血，汗确是流了不少，而且，头也是磕了不少罢？

大约是半年以前，有一位老实的青年问我道：文协计划得有什么工作？文协是否要负起责任领导全国作家更加积极拥护抗战建国，在伟大的抗建过程中更加发挥文艺的力量？文协是不是负责领导全国文艺运动的责任？文协的中心工作应该是什么？……文协将如何保障作家的权益，如何帮助青年作家！物质和精神上？

这一位青年的朋友不过是无数年青人中间的一个，他们怀着同样的意见，同样的问题：从这些意见，这些问题中，我们看见了他们对于文协的无穷的期望。而且，他们大概也知道这些问题的回答将是怎样一句话，但是，他们的深切的期望之心还是不会冷却。这是年青人的傻劲儿罢？我想他们是不承认的。

他们有理由这样设想，因为文协是一切拥护抗建国策的文艺家的组织，文协是精神的力量，对于这样一个不问文艺上主张如何，不问政治上属于何党何派，而在拥护抗建的共同点上结合起来的作家团体，难道不应当寄以深切的期望？这就是无数纯洁热性的青年的看法。

我又听见有些同仁对于文协的批评。愤愤然，说文协毫无作为，结论成为“因此我冷淡了”的自辩的，这是一种。认为这本来是一个空架子，让它摆着就算了，这是又一种。记得文协在过去还做过一点事，因而期望它在环境许可下仍然有一份力做一份事，这又是一种。承认文协不是一个组织严密的团体，而且不可能不必要是一个严密的组织，因而所谓领导者不是组织上的领导，而是精神上的领导；护持正气，砺砥节操，愿全国作家相勉先做一个正直的胸襟阔大的人，发扬中国文人传统的美德，三军可以夺帅，匹夫不可夺志，不盲从，不轻信，亦不轻易改变其所信：这是第四种看法。

我想上述后两种都很合乎实事求是的精神，而最后一种尤中肯要。文协之产生就昭示了全国的作家在民族至上，抗敌第一的共同点上谋广泛的联合，文协之存在就表示着这一种精神的持续，而文协还要继续支撑下去，就不能不求这一种精神的更加发扬。

这一种精神的发扬，消极的表现是大家客客气气，互相尊重，但积极的表现确是诚恳地互相督促，坦白地交换意见。我们多是关心着民族的将来，关心着人民的幸福和痛苦，关心着青年一代的苦闷和磨折，关心着社会道德的堕落，风气的败坏的，即使我们在文艺的某些问题上意见不能一致，但我们对于人生社会方面总都是一致的：热爱光明与真理，希望善的势力扩大；我相信在这大问题上全国的作家将更加接近，屹然守正，成为一种精神力量，在青年的一代中树立风气。

我们还须要比从前更亲切地实行互助，——物质上和精神上，生活这付担子的重量一天天在增加，大多数知识分子的苦闷也在一天一天增加；在这样的境地中，一个感情热烈而清白自持的作家如果感得自己是槐然独处，没有朋友，没有同情，他真会发疯自杀。

诚恳的互相督促，坦白地交换意见，热诚的互助，——这是全国作家们更团结得密切些的精神基础，而文协就是一基础上的这一面旗，已经艰辛地支撑了五年的文协，希望它从此以后这精神基础更加坚强，这就是它的比什么都宝贵的成就了！

（一九四三年三月十六日）

如何把工作做好

为“文协”六周年纪念作

有一种常常听到的话：抗战时期，可歌可泣的故事多得很，文艺题材，俯拾即是。

当然，这话是不错。抗战初期盛极一时的“报告文学”几乎全部是可歌可泣的悲壮故事，然而比起那时候每日在发生的事实来，这又不过九牛之一毛。不知有多少的可歌可泣者，还没有形之笔墨，文艺工作者只要俯身去拾，一辈子也就写不完了。

但是为什么写作者近来又常常感到题材之窘呢？一个现成的回答是：生活实感不够。

这当然也是无可争辩的事实。现在各战区几乎不见有多少作家了，作家们都回到了大后方，而大后方则是嗅不到火药味却一方面是“纸醉金迷”一方面是挣扎于饥饿线上的地方。纸醉金迷者歌，挣扎于饥饿线上者泣，可是都不壮烈，虽可俯拾，其不合用，自不待言了。

于是乎势必引申出这样的结论：文艺工作者在这大时代中虽然还守住岗位，（改业的人可说是少到不会成为问题，）可并没完成任务。

文艺工作者不敢自夸业已完成了什么任务。他们自己知道，他们虽则主观上确已尽了最大的努力，但客观上却远落于现实要求之后。不过文艺工作者徒劳而无功，也不是没有原因的。

即以不曾充分写出可歌可泣的壮烈故事一端而言，其原因亦颇耐研究。我们先从事实来看。为什么抗战初期盛极一时的“报告文学”后来渐渐消歇了呢？理论家的说明现在姑且搁开，光是出版家的帐簿就告诉你：即使写的仍然那么盛，出版者却不那么踊跃，因为销路迟钝。在这里，我们倒也不能专骂出版商的市侩主义。只要他们还是愿意出版有益于抗战的东西，我们就不能因为他们不愿意专出“报告文学”而过份责备。问题是在这些可歌可泣的内容的“报告文学”为什么不能长久受到读者的欢迎？这里，又有一个现成的答案：为的是千篇一律，所以读者久而生厌了。所读千篇一律，当然指内容。怎么，在和敌人拼个你死我活的抗战中难道广大的读者群就对于壮烈的故事厌倦了么？这是不可思议的，而且也是远于事实的。

事实上，并不是厌倦了壮烈的故事，（当然亦即不是对于抗战缺少了关心，）而是仅仅壮烈的故事不能满足他们对于抗战现实渴求了解的热忱。随着抗战的发展，社会生活起了剧烈的动荡和变化，新的问题不断发生，而这些问题又直接间接都要影响到抗战。人们所要求于文艺作品者已不仅为能反映这些现象，且要求能给以解答。这样的要求，反映在文艺作品的销路上，就是长篇比短篇更受人欢迎，而描写复杂的社会生活的，也比单纯的壮烈故事更能引人注意。

努力去满足这样的要求，是文艺工作者的责任，然而如何方能负起这责任来呢？在作家方面，必须加深他的学养，丰富他的生活，而在另一方面，必须给作家以更大的创作的自由，作家在题材上所受的限制和社会的要求如果相差太远，则文艺之花势必枯萎，文艺即不能负起时代的使命。

抗战今已进入最后亦即最艰苦的阶段，振奋人心，追求最后的胜利，当然是文艺工作的唯一目标，这已是天经地义。然而事实告诉我们，要单靠前线的壮烈故事以求达到这一目的，在今天已觉不够，为什么呢？因为抗战的现实，已经太复杂了，社会的要求已经提高到如此地步，文艺工作者如果不能满足社会的要求，碰壁是难免的。

归根一句话：如何把工作做好，作家们自身固须努力，然而也得给以更大更多的创作的自由。

（一九四四年四月七日）

五十年代是“人民的世纪”

纪念文协七周年暨第一届“五四”文艺节

今年我们是在“五四”这纪念日庆祝我们的文艺节了。“五四”作为文艺节，这表示承认了新文艺运动二十五年来无可否认的成就，在这一点上，我觉得这一个节日定的也还恰当；然而“五四”可以标示文艺的新生，文艺的新生实未足包括“五四”运动的一切内容。如果狭义地只把“五四”看作一个文艺运动，或者甚至于当作一个“白话文学”运动来看，那就是缩小了“五四”的意义，同时也就会模糊了新文艺运动的精神和使命。这是不可不加以辨明的。

“五四”是思想运动，也是群众性的政治运动。两千年来的封建专制，八十年来的丧权失地，当时北京政府的顽固腐败，第一次世界大战后民族自决的呼声，地球六分之一的土地上人民政权的建立，中国民族工业幼芽的茁长，民族资产阶级雏体的形成，——这一切因素，汇成了“五四”这一声春雷，这一股奔腾澎湃的潮流。“五四”的大口号，民主与科学，是根据了现实的要求而产生的。两个口号虽然并列，但是二十五年来的经验已经告诉我们：先决条件是政治上的民主。

从历史上看，一种新的文艺运动必然根源于新的思想运动，而同时又为其先驱。中国的新文艺运动也不是例外。民主与科学，是新文艺精神之所在，同时，发扬民主与科学也就是新文艺的使命。而民主与科学表现在文艺思潮上的，我们称之为“现实主义”。

我们的新文艺的传统就是这个现实主义。反对独断与武断，反对偏见与成见，反对夸张局部而抹煞或歪曲全体，反对只许颂扬，不许批评，反对掩耳盗铃的虚伪粉饰，反对那只看见今天不看见明天的近视眼，反对无所容心的冷观态度，——这便是现实主义文艺的科学精神；面向民众，为民众，做民众的先生，同时又做民众的学生，认识民众的力量，表现民众的要求，——这便是现实主义文艺的民主精神。二十五年来，我们的新文艺是在不断的自我批判中以求保持这现实主义的传统，以获得更多更大的成就的。然而现实阻碍了整个民族文化发展，对于新文艺运动的阻力也很大。写作的自由，乃至文艺写作者人身的自由，也还没有保障；复古的逆流，不曾停歇过，有些学校公然禁止学生阅读新文艺，违犯者即被开除，有些地方见了文艺书刊不分皂白一律没收。

不民主，中国就没有前途。文艺应当配合着今天的民主运动。而要在这大时代中担当起本身的任务，文艺界应当加强自我检讨：对于民众的认识是不是充分？有没有站在民众之上或站在民众之外的非民众立场的观点？如何更能接近民众？如何虚心学习，从民众的活的语言中汲取新的血液以补救苍白生硬的知识份子的“白话文”？如何批判地运用和改进民间形式？如何掌握民间形式而真正实现“文艺下乡”？如何挹取民间形式的精英作为创造民族形式的一个原素？只有在这样加强自我检讨的过程中，新文艺方能更益壮大，方能普遍而又提高，方能有效地遏止文艺上的反民主的各种黑潮，方能配合当前的民主运动，作新时代的号角！

新文艺今天已进入了成年时期。一向是多灾多难的，受惯了风吹雨打，受惯了摧残幽闭，然而终于成年了，脚踏着实地，面向着光明。它的前程是无限的，只要能够坚持一贯的奋斗不屈的精神，发扬光辉的传统。五十年代是“人民的世纪”！

（一九四五年四月十九日）

文艺节的感想

今天摆在我们面前的大局，用一句滥调来形容，就是“惊心动魄”。我们作战已经八年，到今天，只落得个到处是脱节，然而，却又是胜利逼人来。而对着这样的矛盾，除了阿 Q 之流，但凡有点自尊心和责任感的，总不能不忧虑反省，以至坐卧不安。

在这普遍脱节之中，我们的文艺运动，也不是例外。有一句老调：“文艺是时代的镜子”。且不说这一句话多少还应当加一点补充，就把文艺来比作镜子罢，可怜我们的这面镜子是不让随便照的，要是照到了恶疮毒瘤，马上就会听到“嘘”声，一块纱便蒙上来了。八年以来，年年一度，全国文艺界抗敌协会要开个年会，这当然不是为了例行公事，而是要总结一年的经验，痛切的检讨一番。至少有三个题目应在检讨之例：已经做的是什么？做得怎样？未做而应做的是那些？该怎样去做？客观的阻碍是什么？如何排除？然而年复一年，问题是愈积愈多，话却愈来愈少了。而且也不得不愈来愈空泛了。所以然之故，大家心里都明白，这里暂且不提也罢。但是社会对于文艺及文艺作家们的关心，实在叫人感奋：这种关心的表现之一就是援助贫病作家的热烈。这一点温暖的友情，对于困厄苦闷的文艺界精神上的鼓励是不能以物质数量来计算的。

苏德战争爆发后二十二个月，在苏联作家大会中，有名的苏联作家爱伦堡曾经说过这样意思的几句话："现在大家都说战争给了作家们以题材，……可是我们作家有什么给了战争呢?"不用说，苏联作家是给了不少的。中国作家们委实比不上盟友。但由于所谓"国情不同"罢，中国作家们有力无处使的苦恼，也一言难尽。这且不说，现在也让我们套用爱伦堡的句子：战争给我们题材，我们有什么给了战争呢?社会给我们深厚的同情，我们有什么给了社会呢?

仍旧先来看看我们的盟国，然后再讲自己。表扬前方士兵作战的英勇和后方人民怎么努力生产，这是英美苏的战时文学的共同点，但是另外也还有一点相同，即该颂扬的固然颂扬了，该批判的也不忌讳暴露。剧本《前线》就是苏联作家勇于批判的典型作品，这部剧本暴露高级指挥人员的缺点，十分严厉，倘在别的国家该剧作者说不定会有不测之祸。然而在苏联，《前线》却得了斯大林文艺奖，全国各地，前方后方，都演出这剧本，绝不顾虑会因此灭了自己的威风。事实上，正惟能这样大无畏地执行自我批判，红军是真正愈战愈强了。在英国，绥靖政策的拥护者，也成为批判的对象，正如美国的作家曾经努力于克服孤立派在人民中间的影响。由此可知，英美苏的进步的作家都曾对于自己国家在争取胜利途中最大的障碍，痛下针砭，而英美苏政府也容许这种批评。这就是三个盟邦的民主作风。

我们作战八年，现在终于守到胜利逼人来的时期了，但严重的问题重重叠叠摆在我们面前的，文艺这面镜子，到底照出了多少？种种脱节，种种不合理，种种贪污腐化，一切凡为社会人士所痛心疾首，所忧虑焦灼的，在文艺作品中到底反映了几分之几呀？

要回答这些问题，我们得从头来一番检讨。

抗战初期，武汉撤退以前，我们的文艺运动，主要的朝着两个方向：一方面，由于沿江沿海的大都市相继沦陷，本来聚集在那里的文艺工作者分散到内地来，文艺工作者从大都市里的亭子间走到了小县城和乡镇，走到了农村，他们更加靠近民众，他们的视野扩大了，经验丰富了，而文化落后的内地县镇农村也开始了前所未有的文艺活动，——抗战初期在内地各县出现的无数文艺性的小型刊物乃至街头壁报，就是明证。另一方面，短篇的“报告文学”盛行一时，无论是大型的刊物或单行本，主要的内容就是这些“报告文学”，而“报告文学”的主要内容又都是前方的小故事，——士兵的勇敢，敌人的残暴，人民的憎恨。这些“报告”之盛行，自然不是偶然的。那时候大多数的文艺工作者是在前方或至少是在紧接前方的地区，是在部队里，是在人民中间，他们那时不是“卖文为生者”，而是“工作者”，他们耳闻目睹的，是这些壮烈的小故事，他们还能抽工夫写出来的也只有这样“报告”的短篇，而且这样短篇的“报告”又正适合了当时的客观需要的。

在今天看来，当时这两个方向，都没有错。我们更应郑重指出：当时这两个方向都不是什么人在那里计划提倡出来的，那是满腔热血渴欲为祖国服务的极大多数文艺工作者（尤其是青年文艺工作者）适应了那时向前发展的整个形势，自动的不谋而合的，大家都那样走，结果造成了方向。凡是能和发展着的形势取得配合的方向一定就是正确的方向；今天在事后看来，就更加明白。

诚然，那时走进了内地各小县乡镇的文艺工作者也还不能把握着正确的工作方式，主观主义和都市知识份子的气氛也还十分浓重。诚然，那时的“报告文学”也还有严重的缺点，作者们大都热情有余而深入的观察体验尚嫌不足，有多少在今日严重已极而在那时也早已咄咄逼人的问题也都没有触到。但是我们也要记得，从“七七”到武汉撤退，其间不过一年多；总结经验，改正缺点，也需要足够的时间呀！那时的“报告文学”固然不会触及若干根本问题，但即使是那样“热情有余”的作品，在鼓励人心这一点上，也不能抹煞它的作用。至于工作方式的缺点，在工作过程中，是可以克服而且一定能够克服的；事实上到是工作刚开了个头，而形势即已日非，文艺工作者在小县乡镇呆不住身，即或勉强可以存身，工作也做不动了，于是就有了近三两年来文艺工作者又回到大后方几个都市来的现象。

如果我们把文艺工作者的走进小县乡镇只看作传播文艺种子，或在那些落后的地方装点些文艺空气，如果我们把“报告文学”的一时盛行看作只为适应当时的需要，或竟视为宣传工作，那是看得太浅了。我们所以重视此两者，因为这是代表了一个基本的倾向：深入社会，面向民众。文艺工作者和他们的作品都得深入社会，面向民众，这才算我们的文艺运动真能担负起时代的使命。而“报告文学”这一形式，自亦不失为“深入社会，面向民众”之一途。说是一途，因为我们还会努力于民间形式之运用。

从“七七”到武汉失守，抗战文艺运动的主潮，略如上所论列。其后，形势变化，就整个中国而言，大后方和敌后解放区的文艺运动可能发展的条件，完全不同，而工作的重点也有不同。至于大后方呢，在进步的作家群中，“深入社会，面向民众”的大原则依然是坚持着的，然而格于现实形势，工作重点已不能不有所变更。由于文艺工作者之不得不集中于都市，由于出版及上演等等条件之困难，又由于物价高涨，读者和观众的圈子不断地在缩小，今天大后方文艺运动所能回旋的余地，比起抗战初期来，实在小得多了；而这些客观条件对于文艺所发生的影响之一就是顾到了“提高”，牺牲了“普及”，——率直地说，就是工作的对象不得不是城市的读者和观众。而大型作品之流行，和这也有一部分的关系。

然而限制了大后方文艺运动的正常发展的尚不是上面所提到的那些。历史告诉我们：没有自由的空气，文艺是不能发展的。听不到人民呼声的专制皇朝只能产生奴才文艺。禁忌太多，统制太严，视批评为叛逆，以阿谀为忠诚，结果一定窒息了文艺。最近几年来，有一个最大的矛盾人人都能看到：战争给作家以题材，但作家搔首踌躇，有无处落笔之苦；社会渴望作家拿出些切切实实反映了人民要求的作品，但作家唯有报以无可奈何的苦笑。广大的读者观众绝对不是“蠢如豕鹿”，现实生活在他们心里积起了大堆的问题，他们要得一个“为什么，该怎样”的解答，他们希望在书本里在舞台上看到他们心中的是是非非，善善恶恶。他们唾弃那些粉饰颂扬，宽皮宕肉的奉命文学。是是非非善善恶恶，人民心中自有其天平，作家笔下亦自有其绳墨，一句话来说：该赞美的自然要赞美，该批判的亦不能不批判，然而这样一个简单合理的原则，作家们争之亦既多年，到如今还没有得到。

另一方面，一些麻醉人心，歪曲现实，助长侥幸心理，鼓励奸诈豪强的作品，却公然流行，未受制裁。色情文学已经亦赤裸裸到连“抗战”的面具也不戴了，而既戴面具，又有色情，甚而还有所谓“悲壮场面”的东西，为害尤大。历史又曾告诉我们：凡在文艺写作不自由的时代，享有自由的一定是这些颓废的颠倒黑白的带有浓重欺骗性的作品。

说起来也许觉得话太重了些，可是实在今天的文艺运动正站在十字路口。时势的要求，一天比一天急迫了，文艺必须配合整个的民主潮流，“深入社会，面向人民”，表现人民的喜怒爱憎，说出人民心坎里的话语。文艺工作者工作的对象不能不从城市读者观众群的小天地扩展开去。这是为了扩大影响，同时也为了充实自己。客观的困难和束缚，要努力以求解除，主观的能力也要努力增强。让我们在总结经验，改正错误的新起点上，重振抗战初期文艺运动那种阔大而活泼的作风。世界在前进，中国也不能不前进，中国的文艺运动也一定得前进，只要我们坚持着“深入社会，面向民众”的大原则，从内容，从形式，克服主观主义，克服知识份子的优越感以及好为艰深新奇的偏向。

（一九四五・五月）

第三辑

序《一个人的烦恼》

战争的时代，人们的善良的天性会比平时更加辉煌地发展起来，然而同时，贪婪卑劣的人欲也会比平时更加肆无忌惮，伺隙横行，一方面有成仁赴义，视死如归的匹夫匹妇，另一方面也有借国难以自肥，刀头上舐血的城狐社鼠。好人更好更苦了，坏人更坏更乐了，但是也有幡然觉悟，在战争的烈火中烧净了污垢的，同时也有被战争的艰苦的现实所震慑，以至失却了故我，而畏葸退走的人们。

这一切的升沉转变的百面图，在我们这民族解放的抗战中间，几乎也是随时随地可以看到。这是无情的现实。然而一个有胆有识，敢于正视现实的人，决不会因此而迷茫，因此而沮丧。他知道：善的势力，尽管在目前看来还不见怎样雄厚，但它既然代表了人民大众的利益，既然和人类社会前进的方向是合一的，那它就是有前途的，它的发展没有任何力量能够阻挡。同时我又明白：必然要向前发展的善的势力，在发展的过程中一定会遇到更多的困难和阻力，甚至有时好像已经绝望，所以再接再厉的斗争精神一定不可缺少。

有了这样认识的人，他事前就不会存着幻想，不会无条件的乐观，不会庞然自大自负，而事后他也不会小有挫折就垂头丧气，不会苦闷，不会自馁，自然更不会退上老路了。

我们对于抗战有绝对的自信。为什么？因为这是善的正义的自卫的求生存的力量，对于恶的侵略的强暴而不义的力量之反抗。我们确信：善的正义的力量必然能胜利。但是我们也决不敢且不应该存侥幸之心，而自醉于廉价的乐观。为什么？因为我们民族之善的正义的力量增强的过程中黑暗的罪恶的份子也在潜滋暗长，甚至公然活跃。抗战的现实，是光和影交织着的。唯有不懈不怠的斗争，才能使光明面继续扩大。盲目的乐观和盲心的悲观，都是因为不能认清现实之故。

小说《一个人的烦恼》就是想从一个青年知识份子参加抗战工作的经验，来说明凡是不能认清现实，只凭一时的冲动，而且爱以幻想喂养他心灵的人们，将落到怎样萎靡消沉的地步。刘明当然不是一个坏人，本质上他还不失为一个好人，然而由于他的好像是狷介却实在是孤僻，尚知自爱却又不免过于自负的毛病，再加以貌似沉着而实则神经过敏，一方面耻于寄食，看不惯泄泄沓沓的生活，蝇营苟且的把戏，另一方面又不能真正吃苦，真正对民众虚心，于是他这本质上还好的人就不能进一步把自己锻炼成为坚强的战士。当抗战初期，一般人心激昂，情绪高涨的时候，刘明投身于当时一般热血青年知识份子所趋向的抗战工作，他不曾在后方吃一口安逸饭，他到前线参加了部队的宣传工作；但他这一个行动，虽然他自以为是深思熟虑的结果，其实还是一时的冲动，带一点幻想也为了负气。在决定这行动之前，他也的确有过所谓考虑，但不幸他考虑的范围只限于他个人的琐屑，他生活的小圈子里所接触的人与事对他的反应，而未尝放大眼光对抗战现实，对他未来生活中所可能遇到的困难与不尽如意，加以深湛的研究。他对现实是盲目的。在这里，就有了他后来废然而返，牢骚消沉的根因。

像刘明那样的青年知识份子，只凭着一股热情，一片主观的幻想，投身于当时的具有强烈吸引力的洪流的，何止千万呢！像刘明那样碰了一头就缩回来的，固然也不少；然而更多的却是在斗争的烈火中锻炼了身心，在现实的洪流中找见了他自己，蜕去了故我的浮华，出落得更坚强沉毅了。作者没有从正面写这些富于积极意义的人物，作者却写了个从斗争中逃阵下来的人物，但虽然如此，刘明的故事还是具有积极的教育意义的；因为这是一个镜子，——可以促起反省的一面镜子。

刘明的故事的背景在距今五年以前。时事推移，今天抗战的现实跟那时已不一样，昔年万千青年所憧憬的道路今更荆棘重重，而刘明似的牢骚消沉的青年其所以牢骚消沉的成因也不与刘明同了，然而从刘明的故事所得出的教训的原则，在今天依然足资我们借镜。这一点，可说是这本小说对于今天的现实的意义，同时也是我们说这本小说的时候不应该忽略的地方。至于此书文字之朴素而委宛多姿，人物描写（如主人公刘明）之细腻而生动，则有目共赏，读者自能玩索，用不到我来喋喋饶舌了。

（三十二年十月茅盾记于唐家沱，时阴雨且将旬日，报载倭寇正窥犯滇西，滤水怒江，激战方殷，而大湘西南三角地带，敌寇仍图伺机蠢动云。）

《新绿丛辑》旨趣

战时交通不便，往往一个刊物早已停掉了，但远地不会知道，还是源源地寄些稿子来。并且也还有恳切的嘱咐：如不能容，请另为介绍的。一个写作者对自己呕心血的成果的宝爱，本为人人所同，而脱稿后永能与世人相见，嘤鸣求友之心，亦人人所共有。出版界的现象，老板们常叹佳稿难得，（自然这所谓佳，含义甚广，而能推销常为主要条件之一，）而事实上有些佳作又找不到机会出版。陌生名字的作品发表在期刊上，其机会是百分之四十五十，但要以单行本印行，其机会恐怕还不到百分之十。这倒也不能单怪出版家没有冒险精神，更不便怪读者缺乏探险精神，实在是出版界中有些"冒险家"往往借剪刀浆糊之力，印一些东西，给读者的印象是不大好的。

冒险来印几本陌生名字的单行本，探险似的读几本陌生名字的作品，这两种精神都是应当有的，说得堂皇些，那就是对于文学的发展有利益，但自然，不能叫人家印了一定赔本，读了一定失望。书报评论权威之建立，既非一朝一夕的事，那么，倘有审慎其事，不漏不滥，先找得愿意冒险的出版家，或者也容易诱发读者的探险精神而一新风气罢？

这一点小意思得到了赞同者的时候，这一个小小丛刊算是有了眉目了。于是整理积稿，得若干篇。作者天南地北，既非相识，故无所谓好恶，倘有衡鉴失当，罪在我们的学力不够，但珍惜写作者的心血之心，自信是还诚恳的。读后有感，同人中谁有时间写就写一点，附印卷端，以求印证；非敢自谓品评，聊且比于开路喝道，未能免俗，然而据说这一点也是不可免的。

旨趣不过如此，效果尚待未来。所望海内贤达不吝教言！

序《没有结局的故事》

作为人间万象的一个“特写”的镜头来看，或者，作为冷雨淅沥的秋夜听一个灵魂上负创伤的孤独者的喃喃自语来看，又或者，作为大风暴刚过去，万籁忽静，唯有阶前老树上水珠搭搭的往下滴，而无端惹人回肠荡气来看，我要说这《没有结局的故事》是美的。

如果不去寻根研底，追问那个“我”到底抱着个怎样的人生观，如果不用理智的刀去解剖那个“我”的百无聊赖的心情，忽冷忽热的性格，如果只把它作为一个性格的标本，在某种社会环境时代氛围中热情多感而又无可奈何，表面上冷却下来的知识份子感情与理智的矛盾泛起在行为上的泡沫，那么，我又要说这一个“我”的身世遭遇及其所以成为那样的一个人，将不但引起同情，而且是深思，将不但是一面镜子，让人家从它那里照见了自己，而且也是一记当头棒喝，使人憬然觉悟到孤傲不等于刚毅，不修边幅和胸襟大亦有别，有热也不一定能发光，而有病呻吟也并不是怎样可以自满的。

因此，我们可以说，这一个“我”的故事将不会有结局，而没有结局也就是有结局——因为这结局不也是可想而知么?

作者的目的未必是在告诉我们一个故事。他给我们听一个灵魂的呻吟；感情的波澜掩蔽于漠然的苦笑之下，有旋律，然而是多么舒徐，凄恻，像静泉汩汩，决不是奔流飞溅，在这一点上，我们不能要求他的文字有另一个式样，如其换一种格调，就将破坏了形式与内容的合一！

（一九四三年五月十九日唐家沱）

为“亲人们”

住在乡下，睡得早，午夜梦回，其时听得猫头鹰的唿哨，但不久，一切又都沉寂了，静的就像会听到大地自转的声音；似乎这样的寂寞永无止境了，可是远远地打破沉寂者来了，不知名的鸟啼，一声两气，像游丝一般，在浓雾中摇曳着。这一根丝，愈细愈有劲，细到像要中断的当儿。突然一片啾啁的声浪从四面八方一齐来了。无数的鸟儿在讴歌黎明。于是在床上等待天亮的人也松一口气，确信那阴森寒冷的夜终于过去了。

这样平凡的经验。可说是每个人都有过的罢？

但这样平凡的感想也许不是每个读了这个小小的诗集的人们会得感到的罢？

把技术放在第一位的人们是不会感到的；神往于山崩海啸，绚烂辉煌，而对于朴素平易不感兴趣的人们，是不会感到的；不从始发的儿微中间看出沛然莫之能洁的气运的人们，大概也不会感到：而偏爱着猫头鹰的唿哨的人们，自然更是不会感到的了。

今日的诗坛，的确不算寂寞，但这是怎样的不寂寞呢？这好比一个晴朗的秋夜，璧月高悬，繁星点点，银汉横斜。

读了这本小小诗集，或者会唤起了望见银河那时的惊喜的感觉罢？

这里的许多位作者，有的是已经在刊物上发表过他们的作品的了，有的恐怕还是第一回将他们的心声印在纸上。风格也各人不同，有人倾诉他对于最亲最亲者的怀念，有人在对于遥远的未来寄与热烈的希望，其人舐着自己的创伤在低呻，有人则高举旗帜唱着雄壮的进行曲。他们都有一点相同：抒写真情，面对光明。他们更给我们同一的确信："参横斗转欲三更，苦雨终风也解晴。"诗人是对于时代的风雨有着预感的鸟，特别是不为幻响影迷糊了心灵而正视现实的诗人，他们的歌声当是时代的号角。在阴沉的日子里读完这些诗，几年前一个深刻印象又唤回来了。

那是在北国，天刚破晓，嘹亮的军号声惊醒了。我起来一看，山岗上乳白色的雾气中一个小号兵面对东方，元气充沛地吹着进行曲，他一遍一遍吹，大地也慢慢转身，终于一片雾光罩过了高山和深谷。

（一九四四年二月十四日）

关于《遥远的爱》

如果说《遥远的爱》有着细腻的心理描写和俊逸的格调，这是对的，然而还嫌不足。

如果说它更具有女性作家所擅长的抒情的气氛，而构成这氛围的，又是那虽非纵横磅礴但却醇厚深远的对于人生的热爱，对于崇高的理想的执着，这也是对的，然而仍觉不足。

我们所以感到喜悦的，是因为这一部小说给我们这伟大时代的新型的女性描出了一个明晰的面目来了。自然，也还不会全部无遗地描出这时代的新型女性的丰采，故事的发展只到了女主角（罗维娜）终于坚定了自己的立场，认清了自己应该走的道路——只到这里为止；作者把女主角投入了新的生活以后又将如何更向上发展的一切都留待我们去猜度。可是从书中已经分析了的心理历程来看，我们有理由敢为这位女主角的前途无保留地庆祝。通过了仔细分析的内心斗争的过程，我们看见一个昂首阔步的新女性坚定地赶上了时代的主潮，——全身心贡献给民族。

罗维娜的时代和二十多年前她的母亲辈的时代可以说是不同了，也可以说仍然有点地方相同。二十多年前的“娜拉”，从礼教的圈子，从“傀儡家庭”中，挺身出走，要做一个“堂堂的人”；现今的“罗维娜”，则要从狭的自私的爱的圈子，从舒适的然而使人麻醉的生活环境中，掉臂而去，——去做什么呢？去在民族解放斗争的最前线贡献她的一分力量。二十多年前的“娜拉”跳出了旧礼教的圈子，可以安心满意地蹲在一个角落——狭的自私的恋爱的角落；今天的“罗维娜”却不愿安于这一角落，民族解放的战斗的号角在招唤她，她唾弃那两人厮守着的狭的自私的爱，她的爱是扩大了，而且在扩大的爱人民爱祖国的事业中，她再不能允许自己把一个从这大事业中脱逃的人作为私情的爱的对象。然而这一升华，却需要代价。小市民知识份子的罗维娜付出了痛苦的代价，她这一内心的斗争，便构成了这部小说的最有精彩的篇幅。

我们的女主角不是一个无情的人。从书中的一些“点睛”的笔法看来，她还是个一往情深的人。她在私情的爱这方面，始终不会背弃了她的丈夫高原而转注于他人。甚至当高原因为不了解她，因为自私而对她决绝以后，她对高原也未尝怀恨。而最后，既已“情断义绝”，从香港逃难出来的高原，落魄在半途，我们的女主角还接济他金钱。高原呢，本质上也不是无可救药的坏人；他最初也是献身于民族解放斗争的大事业的，那时他比罗维娜进步。不过因为意志薄弱，后来就贪图安逸，满足于一个不愁温饱的职业，一个小小的温暖的家，且又不去了解罗维娜内心的苦闷，以至一天一天精神上疏远起来了。

但问题不在高原。问题在我们的女主角。

当她既已见到高原一天天从时代落伍，既已感到他们之间的距离一天天在远了起来，而且感到两人间的危机将终不可免而发生苦闷的当儿，她好像是个宿命论者，竟没有什么动作。私情的爱尚未转移的她，对于高原的沉沦，对于他们中间的将要发生的危机，似乎不应如此冷漠。当然我们不应从故事的布置上去指摘作者为什么不这样而偏偏那样，然而我们试掩卷一想，高原这人物在书中何其淡淡的像个影子一样！高原这人物，没有自己的存在；书中之有这一个人，好像只是为了衬托我们的女主角。如果作者在罗维娜内心斗争的时候又强调了她和高原的思想的斗争，那或者情形就不同了罢？如果把这影子似的高原充之以血肉，那总不是无意义的笔墨罢？照书中的故事看来，有好几处都有给予高原以血肉的可能，不过我觉得上揭的一点或者是最切要的罢了。

另一个人物，雷嘉，也给我们以相同的印象。

在“雷嘉”这名字下，作者塑造了一个好的坯子。他和高原不同型，然而，同样地将为这伟大时代所抛弃。他处处以前进者的姿态出现，但只是一个空论家——不，比空论家还要坏些，他是喜欢用前进的议论来装饰自己，正像他老是要使得自己的西装笔挺，仪容修整一样。雷嘉曾经是罗维娜的思想上的领导者，但当罗维娜战胜了自己内心的矛盾而且决定投身于新的生活的战斗的时候，雷嘉的漂亮的外衣褪下了，暴露出一个灵魂渺小的自私的原形来了。作者笔下的雷嘉，比高原要立体些；这是一个好的坯子。然而这坯子还没描绘上足够的血肉。照书中的情节看来，雷嘉应当不止扮演了女主角性格发展的陪衬的身份，但是直到故事结束，他给我们的印象是：书中之有这一个人，好像也只是为了衬托我们的女主角。

雷嘉和高原在书中的作用，大致相仿。

甚至女主角的哥哥，罗维特，也是一个为了衬托女主角而出现的陪客。更不用说那在开卷时上场而到故事快结束时又露一面的另一女主角桓蒨了。

维特是怎样一个人呢？作者告诉我们：在女主角的生活的转变中，这位哥哥曾起了决定的作用。少年的哥哥受了伟大理想的召唤而离家出走的时候，女主角的幼小的心灵上曾有过深刻的激动，从此她生活的方向似乎便有了个指标；而在我们的女主角走完了内心斗争的艰苦的道路，正待举步跨入新的一阶段时，壮大了而且锻炼得颇为坚强的哥哥又一度出现，接引他的妹妹走到新的战斗的环境。维特对于我们的女主角的性格的发展，有这样重要，然而维特在书中只有侧面的描写。这一位“神龙见首不见尾”似的革命的战士，如果作为女主角性格发展的引体来看，我们原可不再苛求，但如此则书中唯一的男性的革命战士落得了概念化了，而且他也只是为了衬托女主角而被拉上场来的了。

高原，雷嘉，维特，这三位，都是对于女主角的生活思想的变化具有极大影响的人；用怎样的笔墨来写这三位，作者自有她的打算，如果谁喜欢在这些上头提意见，那话就多了，而且大非必要；不过我们不得不说的，是这部小说的如此这般的处理人物的手法使我们发生了如下的感想：

女主角是有血有肉，光艳逼人的，然而满场戏文，只她一个人在做，其他人物不过是掮百脚旗的跑龙套，或甚至只是一些道具罢了。

也许作者是有意为之，也许是无意，但这部小说的这样处理人物的手法和作者所采用的全书结构方式，是有连带关系的。

全书的结构方式很单纯，故事的展开处处以女主角为中心。第一节是个冒头，算是例外；此后，进入了回叙，我们就跟着女主角走，——我们从女主角的童年看到她结婚，又从结婚看到她苦闷，终于克服了内心的矛盾而毅然跨上了新的更有意义的生活；我们的女主角带着我们游历了她生活的各阶段，我们只从与她直接发生关系的场合才见到了其他的人物，作者不曾放开我们让我们离开女主角而跟在其他人物后边看看他们各自的所作所为。

故事的展开以主角为中心，这原是很谨严的结构方法；但如果弄成了处处须要主角带路的局面，那就不是谨严而是呆板了。这部小说幸而还没怎样呆板，作者的抒情气氛的格调作了适当的补救，但是成全女主角，却把其他人物牺牲了。这怕是书中其他人物如高原、雷嘉、维特等等，都好像只是为了衬托女主角这才出现的缘故罢？

故事的展开以主角为中心而又处处由主角带路者，倘用第一人称的体裁，似乎更相宜。《遥远的爱》好像是在第一人称的情绪下采用了第三人称的结构式样。因有此凿枘，于是影响到结构上的完整，例如第一节就不能和全书主要故事扣得很紧，也影响到主角以外各人物的现实性和独立性，例如我们在上文讨论过的各点，这是本书的美中不足。然而这一些技巧上的缺点都不能掩盖本书在思想认识方面的慑人的光芒，也无伤于作者的焕发的才华；在整个上看来，我们有理由向作者要求更惊人的作品。

热爱人生，认清现实，这在一个作家，比技巧熟练，其可宝贵，何止百倍；这在一篇作品中，其可宝贵，亦何止百倍。忠实于人生的作家又何必气馁。

三十三年二月一日

窒息下的呻吟

——序甘永柏的小说《暗流》

到现在为止，描写战时经济动态的作品，还是寥寥可数的，投机横行，游资猖狂，通货膨胀，生产萎缩，土地兼并，赤贫满野，——这种种的现象，每天翻开报纸就可以看到。只要不是丧心病狂之辈，说也不会闭起眼睛陶醉于欺人自欺梦呓似的“乐观”。即使是最不关心时事的人，只要他还不能不生活，还不能不有衣食住行，光是突飞猛涨的物价也就够叫他意识到巨大的变动正在发展，经济的危机正在一天一天深刻化，而他——一个守法安份谨遵“莫谈国事”训令的老百姓，正好比躺在万丈深渊的边沿，一向糊里糊涂，待到觉得不对劲时，他已经翻不过身。

且不从深处说罢，单是把这些现象写出来，让大家看一看，让一些鸵鸟们多少有点不舒服，难道还不应该，难道不是对于抗战有利益？真能愈战愈强的国家决不粉饰太平，决不讳言缺点，真正民主的国家决不禁止批评。真心要民主的人决不认为暴露黑暗面便是造反。中国的文艺作家对于自身的任务，对于现实的把握，一向是在尽其最大的努力，然而写作的不自由使他们无从在文艺岗位上认真做一点事。例如关于战时经济动态的题材便是地雷阵似的你一触及处处要“炸”。有一道很干脆的条例：只准说好，不准说坏。当然，谁不愿意什么都好，谁又不愿意多说好话？但是，说谎话则于人格有亏，具有责任感的作家是不肯做的。一个文艺作者即使够不上“灵魂的工程师”的程度，总不能自甘堕落而在人民群中成为一个骗子。这就说明了为什么直到现在取材于战时经济动态的作品还是那样寥寥可数了，同时也可以想像到，在这一方面真正能够写一点什么的作家有力无处来的那一种精神上的痛苦，实在是够惨的了。

然而，从心的深处发出来的呼声终于不能抑制，口虽被堵住，还会呻吟。《暗流》可说就是这样的一种呻吟。它从侧面写工业的衰落，从主人公的痛感到“生活空虚”的颓丧的心情上暗示了从业者的焦头烂额，彷徨无措，同时，迂回而又淡淡地，也暗示了一个“理想”，一个似乎渺茫但只要有决心便是极其现实的“计划”在主人公的心中逐渐凝结而成形；于是在本书的结束处便也有个弦外之音，使得读者掩卷而太息，但也点头自语道：结束处正是新的开始。

作者的用心是可以猜度到的：竭力不触到那太多的“地雷”，譬如一个工兵，他的任务是挖出那些“地雷”，但是偏不准挖，只好看看那些“地雷”轻手轻脚回避着绕了过去，这用心是够苦也够惨的罢？

但作者是还打算弄一点什么来调和“呻吟”的苦味的罢？作者对于将来的希望有信心。虽已啼笑皆非，他还是要破涕为笑的，这也许就是为什么在他书中有了“浪漫蒂克”的调子。

在某种意义上，本书的故事是“浪漫蒂克”的；男女两主人公的性格，也颇含“浪漫蒂克”的成份。而男主人公的终于不得不死在“第三期肺病”，终于不得不抱着他的遥远的“希望”而在“第三期肺病”面前败退，又仿佛是有所象征似的。“第三期肺病”！但医生说也许还有救。如果我们以为这指的当真是主人公的病，那或许我们太老实了罢？在男主人公的闪烁不定的好像要抓摸什么而又无从措手的行动中，在他那种漠然而又烦燥的心情中，我们看到了一颗伏在你处而热蓬蓬跳着的心。我们十分同情地追踪他，十分期待地盼望在他生命之旅程的某一段上我们会终于看见他破空飞去。或许会有读者看到终于不是而感得失望，那也因为他对于主人公实在同情。应该怎样安排主人公的结局这才尽善尽美呢，不是我们应当来下结论。作者已经做到了的，是给我们看：一个善良而热烈，有抱负而又带着先天的矛盾的一个人，怎样在苦闷，在挣扎，在呻吟，而呻吟和“浪漫蒂克”的交错，使这本小说有一种光彩，一种情趣，一种美。

然而在基本上，这是告白了无数作家们在窒息之下的呻吟。有那一天，文艺作家可以自由呼吸，大声呼号，不再呻吟，——那时，中国也就翻了身！

一九四五，四，六，重庆郊外。

第四辑

永恒的纪念与景仰

一九四四年最后那一天将是反法西斯的文化战士永远不能忘记的一天。反法西斯的伟大的思想家艺术家，罗曼·罗兰，是在十二月三十日逝世的。

对于我们中国的知识者群，罗曼·罗兰不是一个生疏的名氏，他的巨著《约翰·克利斯朵夫》，和托尔斯泰的《战争与和平》，同是今天的进步的青年所爱读的书；我们的贫穷的青年以拥有这两大名著的译本而自傲，亦以能转辗借得一读为荣幸。

而且我们也不能忘记：当我们这时代的伟大的思想家艺术家鲁迅先生的《阿Q正传》由敬隐渔君译为法文而在法国出版时，罗曼·罗兰读了以后曾是如何感叹而惊喜的；当《约翰·克利斯朵夫》第一次和广大的中国读者见面时，罗曼·罗兰在《约翰·克利斯朵夫向中国的兄弟们宣言》的寥寥数语中，给我们以多么大的鼓励。那时我们正在大革命的前夜。正如鲁迅先生所说，从淤血堆中挖个窟窿透口空气的千千万万争民主求光明的青年们，看到罗曼·罗兰对我们号召：“我只知道世界上有两个民族，——一个上升，一个下降。一方面是忍耐，热烈、恒久、勇敢地趋向光明的人们，——一切光明：学问、美、人类的爱，公共的进化，另一方面是压迫的势力：黑暗、愚蒙、懒惰、迷信和野蛮。我是附顺前者的。无论他们是生长在什么地方，都是我的朋友，同盟，弟兄。”那时候我们就知道争民主求光明的斗争中我们不是孤独的，我们坚强了信心了。

我们也还记得：当“五四”初期，思想界还没有个中心的时候，为了批判资本主义文化而求所示，曾因探索“新浪漫主义”的内容而在若干文化工作者群中涌起了研究罗曼·罗兰的热心；在话剧运动的初期、罗曼·罗兰的“民众剧”的理想也曾被提出而讨论，田汉先生曾经热心地介绍过这一理论。

我们现在不但有傅雷译的《约翰·克利斯朵夫》，也还有《革命戏剧》的大部分的译本（罗曼·罗兰自称其以法国大革命为题材的剧本曰革命戏剧），有《葛莱郎波》的译本（?）也还有兹怀格的《罗曼·罗兰传》的译本，在当代的世界文化巨人中，我们所以说，除了高尔基以及若干苏联作家而外，罗曼·罗兰是和萧伯讷，德莱塞，纪德等等同为我们热心研究的对象。而我们对于罗曼·罗兰的热心更有其特殊的理由，即因他第一次引起我们的注意的，是他那在上次世界大战时期所发表的《精神独立宣言》，是他的在上次世界大战时期所写的反战论文的结集《超于混战之上》。而也因为在一九三二——三三年顷，法西斯的毒焰在全世界高扬的时候，罗曼·罗兰是国际文化界中的反法西斯与保卫世界文化的立在阵头的战士。

现在，正当法兰西获得解放而法西斯强盗的末日即将到来的时候，罗曼·罗兰——这位反法西斯的巨人和老战士却以七十九的高龄谢世了。在世界范围的反法西斯斗争中，人民的胜利于今是确定的了，然而艰巨的工作还在前面，从军事上政治上消灭了法西斯以后，还得从文化领域中澈底扫荡法西斯以及准法西斯的毒瘤，这一工作不见得比消灭法西斯的武力轻便些。我们在这时期特别需要罗曼·罗兰。他的逝世，对于我们——全世界，不但法兰西——的损失之大，是无可以比拟的。

中国的文艺工作者——文学家，音乐家，戏剧家，在反抗日本法西斯战事的第八年，在向前奋斗以求民主政治真正实现的今天，对于这一位反法西斯的文化巨人的逝世，不仅是哀悼就算完了事的。处境也许比西欧的同志更为严重些；摆在我们面前的工作也许比西欧的同志所面对的，更为艰巨些，而我们的主观力量，（不必讳言，）比起西欧的同志来，也还觉得薄弱些的。然而我们有信心，我们的信心是从“五四”以来的思想斗争的经验来的，是从鲁迅先生的光荣的业绩里来的，而也是从世界的反法西斯文化前辈的努力与其辉煌的事业而来的。

在今天，我们文化人，正经历着思想上的绝大的苦闷，也正在经历着一次绝大考验。今天，人类历史新的一页正在展开，但也是一个伟大的斗争的时代。今天，相同于罗曼·罗兰在上次大战以后的“摸索和彷徨”的情绪，在我们文化人中，恐怕也还是相当普遍的。在这一点上，我们以哀悼和纪念之心，来追悼罗曼·罗兰一生所经过的思想历程，将能激发我们的勇气，考验我们的信心。

罗曼·罗兰所走过的，是一条漫长而曲折的路。当他七十岁时，他感谢苏联人民对他七十大寿的庆祝，曾经说过这样的话：“多谢你们纪念我的七十岁，这好像是一个旅程的终点——从巴黎走到莫斯科。我已经走到了，这个旅程并不平顺，然而完结得很好。……‘经过苦痛而后快乐’。经过了七十年来的战斗与劳苦互相更迭的长途旅程，我才到达了你们所建造着的‘快乐’，这世界人类的新社会。……”（用戈宝权的译文）。而在另一时，他又曾这样告诉我们：“你可知道我是从什么地方，从什么年代的深处来的？我是从溃灭了的巴黎公社，从一八七〇年惨酷的普法战争的时期来的。……我的来处是在战争期以及在革命期两度被征服过的法兰西，是当我的童年时代和青春时代一直在悲观主义的重压之下屈伏过的法兰西”，（用戈宝权译文）。但是，时代和“来处”，并不能把罗曼·罗兰压在怀疑和悲观的深渊，也不能把他驱入“象牙之塔”，——虽则他早年的环境和教养是很有这可能的，当他毕业于高等师范，游学罗马与德国之后，曾经深受托尔斯泰和华格纳的影响。托尔斯泰的充满了热情的呼声“我们怎么办呢?”曾经使他深受感动。他和托尔斯泰的通信在他那时期是他的路，他这样说；从此他立下了为人民——为人类服务的伟大决心。

然而，人民的道路，——人类的历史的道路，是向那一个方向去的?此去又该经过怎样必不可少的步骤呢?这些问题，当时的罗曼·罗兰是有他自己的见解的。《约翰·克利斯朵夫》如果可说是他的这见解的形象化，那么后来的《精神独立宣言》便是详细的注脚，抽象的理论。“唯有创造才是欢乐”，“创造就是消灭死亡”，这是《约翰·克利斯朵夫》中淋漓痛快地发挥了的。克利斯朵夫是从窒息的毒害的优秀阶级文化中钻出头来的英雄，——以创造战胜一切丑恶与危害的大智大勇的英雄；罗曼·罗兰曾经说：“我那时是孤独的。我在一个精神上敌对的世界里感到窒息；我要呼吸，我要反抗一种不健全的文明，反抗一股僭称的优秀阶级的毒害的思想，为了要达到这个目的，我必需有一个眼目清明，心灵纯洁的主人翁，有着相当高卓的灵魂以便有说话的权利，有着相当雄壮的声音以便令人听得真切，这个主人翁，我耐心地造成了。”（用戈宝权译文）

从《约翰·克利斯朵夫》（一九一二年完成）到《超于混战之上》，罗曼·罗兰是从“创造即欢乐”的说教者走到了实际斗争的战士的阵头了，但在基本思想上他还是始终一贯的，这就说明了后来他在“光明社”何以会跟巴比塞意见相左。

直到此时为止，罗曼·罗兰的基本思想是个人主义，——或者也可称英雄主义。他认为“自由而阔大坚毅的个人主义，便是人的最高价值，人的前锋”，而“约翰·克利斯朵夫”便是他这理想的化身。罗曼·罗兰在《精神独立宣言》中表示：此种精神的个人主义是独立的，不附属于任何民族，不附属于任何党派，保持着超利害的客观性，作为一种科学的气象台，以清明的眼光照耀着人类的前途。他更进一步说，这样的精神的个人主义者可与人民的战士携手而且为其引路。

这样的“理想”，也许是“美丽”的，不幸面对着现实之时，却碰了钉子。一九二〇——二七年间，正是罗曼·罗兰的“摸索和彷徨的年代”。他回到了托尔斯泰的无抵抗主义，他又向甘地主义伸出了乞援的手。但是，大智大勇大仁的罗曼·罗兰终于突过云阵，“向过去告别”，“从巴黎走到了莫斯科”。精神的个人主义的罗曼·罗兰终于成为社会主义的战士。

一九二七年以后，罗曼·罗兰的思想发展的过程，可以他的几部著作来表示。这几部著作正可视为他的思想历程的里程碑。

《向过去告别》论文集出版于一九三一年，在这里他批判了自己过去的思想，宣告他的对于社会主义的拥护；用他自己的话，这是“已经毁了身后的桥梁了，不管我后面有桥还是没有桥，我永不再回头了。”

《保卫新世界》论文集出版于一九三二年。

《动人的灵魂》（长篇小说）第五六两卷《诞生》完成于一九三三年。这一部共六卷的巨著，开始写于一九二二年，初成第一卷《安娜德与西维尔》，及第二卷《夏天》，中经间歇，一九二六年更成第三卷《母与子》，又隔五年，那是一九三二了，成第四卷《一个世界的死亡》，翌年完成最后两卷（五与六），均题为《诞生》。和《约翰·克利斯朵夫》相同，这一部长篇小说的写作时间，前后亦跨十年，——一九二二到一九三三。然而和《约翰·克利斯朵夫》写作的十年间所不同者，这后十年正是罗曼·罗兰所自称为“苦斗十五年”的重要阶段，如果前十年可称为罗曼·罗兰前期思想形成的阶段，而《约翰·克利斯朵夫》是其总结，那么，后十年便可说是罗曼·罗兰后期思想发展的阶段，而《动人的灵魂》最后三卷便是他“摸索”而合于大道的宣告。

安娜德最初还是“克利斯朵夫型”的人物，但是经过了幻灭以后，她渐渐改变了，终于在她的儿子马尔克因为反战（第一次世界大战）而被谋杀以后，她坚决地作为本阶级的叛逆者而踏上儿子所走的路——人民大众的历史的道路。她说：“没有力量的白旗染上了红血，已经成为红旗了，这旗帜将为千百万人所有，安娜德将拿起这旗帜与千百万人一起继续去战斗！”而罗曼·罗兰是和千百万人一起去战斗了，他在一九三二年以后成为国际反法西斯运动的领导人之一。

这样我们在长篇小说《动人的灵魂》中看到了罗曼·罗兰早期思想的继续，也看到了“摸索与彷徨”，最后又看到了自我批判的“向过去告别”，大踏步走向新的“诞生”。

怎样从一个个人主义者与和平主义者变成一个社会主义者，从一个资产阶级的人道主义者变成一个社会主义的人道主义者，罗曼·罗兰足足走了七十年的了。他这长途不是没有痛苦的。在他写给他夫人的信中曾有这样几句话：“我的累累的创伤，这就是生命给我的最好的东西，因在每个创伤上面都标明着前进的一步”，这就是罗曼·罗兰之所以伟大。

在某些点上说来，我觉得我们这一代不也正如罗曼·罗兰所自称的“从什么地方，从什么时代的深处来的”，有些相仿么？五十年来的中国当然和一八七〇——一九二〇年的法兰西不同，但五十年来的世界不就是罗曼·罗兰所“摸索”的时期那一世界么？而时代逼迫着我们回答“我们该怎么办”，不更紧急于罗曼·罗兰的一九二二——二七的当时么？

让我们认真来思索这一切，这该是时候了！

摆在我们当前的任务是争取民主，而争取民主的首要条件，则是挥起我们的笔杆，反对法西斯的侵略。罗曼·罗兰一生的艰巨的行程给我们榜样，也给我们勇气和信心，为了哀悼和纪念这一位世界的反法西斯的文化巨人，我们的“长途。光是这一点坚韧的求真理以又自我批判的精神已经值得我们万分景仰摸索和彷徨”——如果还有，不该从此结束了么？《约翰·克利斯朵夫》我们已经读过了，现在我们该读《动人的灵魂》了。

我们相信：中国的文艺工作者对于伟大的罗曼·罗兰的逝世，将有无穷的悲哀，对于产生这位巨人的光荣的法兰西民族将永志其敬爱与感谢，中国文艺工作者认为这不单是法兰西民族的损失，也是全世界人民的损失，也是中国人民大众的损失；我相信我们中国的文艺工作者将以善于学习罗曼·罗兰作为永恒的纪念与景仰。

“向过去告别!”

让我们把这一句话作为座右铭罢!

（一九四五年二月一日）

永远年青的韬奋先生

初见韬奋先生总觉得也不过三十多岁，不但他容貌使你有此感觉，他的言谈举止都表示他绝对不是饱经忧患的五十左右的人了。和他相处稍久，你便会觉得估量他有三十多岁也还太多，实在他好像只有二十来岁。比现在有些二十多岁的年青人更为“年青些”的一个中年以上的人。

有许多的二十来岁的年青人在言谈举止方面当然也有韬奋先生那种活泼和热情，至于容貌不用说，自然会比不见老的韬奋先生更为“后生”，然而，恐怕未必能有韬奋先生那样的天真！对人的亲切，热情，对事的认真，踏实，想到任何应该办的事便马上想办，既办以后便用全付精神以求办得快，办得好，想到人世间一切的黑暗和罪恶便愤激得坐立不定，看到了卑劣无耻残暴而又惯于说谎的小人，满嘴漂亮话而心事不堪一问的伪者，便觉得难与共戴一天——这些都是韬奋先生的永远令人敬仰之处，然而，我以为最可爱者仍是他那一点始终保持着的天真！

不计利害，不计成败，只知是与非，正与邪，有这样操守的人固不独韬奋一人；然而像韬奋那样一以天真出之，就我的寡陋的见闻而言，尚未见有第二人。对于畏首畏尾的朋友，他有时会当面不客气地批评，这是他的天真。办一件事，有时会显得过于操切，这也是他的天真。为了忘记疲劳，会在噱头主义的歌舞影片之前消磨数十分钟而尽情大笑，这同样也是他的天真！或者有人以为这是他的盛德之玷，可是我觉得这正是他的可爱之处；我们现在太多了一些人情世故圆熟得像一个“太平宰相”似的青年！

由此可以想像到：要他在一个恶浊的社会中聋装作哑，会比要了他的生命还难过。他需要自由空气，要痛快的笑，痛快的哭，痛快的做事，痛快的说话。他这样做了，直到躺下，像马革裹尸的战士。虽然已经抱病，他奔赴他的岗位，贡献了他的力量，以至于生命。

民族解放战争的阵营里损失了一位伟大的战士，文化界殒落了一颗巨星。韬奋先生是死了，然而这巨星殒落时的雷鸣似的震响将唤起千千万万人民的应声，长虹似的闪光将燃起千千万万人民的热血！无数的青年人将永远把他当作自己的师友和长兄。

没有亲眼看见抗战的最后胜利，没有亲眼看见民主的中国之成长，韬奋先生大概是死不瞑目的；然而我可断定他在弥留之际，心中是充满了信心的，比他向来所具的信心更为坚强的信心。因为已经亲眼看见了人民力量的成长，已经用他自己的心血和敌后坚持抗战的无数万军民的血灌溉了民主政权的土壤！

一九四四年九月十八日

不能忘记的一面之识

他们第一次感觉到有这么一位年青人在他们一起，是在天方破晓，山坡的小松林里勉强能够辨清人们面目的时候，朝雾掩蔽了周围的景物，人们只晓得自己是在一座小小的森林中，而这森林是在山的半腰。夜来露重，手碰到衣服上觉着冷，北风穿过森林扑在脸上，虽然是暖和的南国的冬天，人们却也禁不住打起寒战来了。

昨夜他们仓皇奔上这小山，只知道是到一个比较安全的地方，敌人的游骑很少可能碰到的地方；上弦月早已西沉，朦胧中不辨陵谷，他们只顾跟着向导走，仿佛觉得是在爬坡，便断定了是到山里的一间土寮或草寮，有这么几株亭亭如盖的大树，拥护得很周密而又巧妙，而且——就像他们在木古所经验过的住半山上寮的风味，躺在稻草堆上一觉醒来，听远处断断续续的狗叫似在报导并无意外，撑起半身朝寮外望一眼，白茫茫中有些黑魆魆，像一幅迷茫的米家水墨画，这也算是够“诗意”的了。他们以这样的“诗意”自期，脚下在慢慢升高，谁知到后来跟着站住了的时候却发见这期待是落空了，没有土寮，也没有草寮，更没有亭亭如盖的大树，只有疏疏落落散布开的小树，才到一人高。然而这地方之尚属于危险区域，那时倒也不知道。现在，他们在晓风中打着寒噤，睁大了眼发楞，可突然发觉他们周围远远近近有比他多一倍的武装，不用说，昨夜是在森严警戒中糊里糊涂睡了觉。

不安的心情正在滋长，一位年青人，肩头挂一枝长枪，胸前吊颗手溜弹，手提着一枝左轮的，走近他们来了。他操着生硬的国语几乎是一个一个单字硬拼凑起来的国语，告诉他们：已经派人下去察看情形了，一会儿就能回来，那时就可以决定行动了。

“敌人在什么地方？”他们之中的G君问。

年青人好像不曾听懂这句话，但是不，也许他听懂，他侧着头想了想，好像一个在异国的旅客临时翻检他的“普通会话手册”要找一句他一时忘记了的“外国话”；终于他找到了，长睫毛一闪，他忽然比较流利地答道：“等等就知道了。”

如果说是这句话的效力，倒不如说那是他的从容不迫的态度给人家一服定心剂，人们居然自作了结论：敌人大概已经转移方向，威胁是已经解除了。然而人心总是无厌的，他们还希望他们自作的结论得到实证。眼前既然有这么一位“语言相通”的人，怎么肯放过他？问题便跟着榴霰弹似的纷纷到他头上。他们简直不肯多费脑力估量一下对方的国语程度究竟是能够大概都听懂了呢，还是连个大概都听不懂，而只能像一位环绕地球的游客就凭他那宝贝的“会话手册”找出他所要说的那几句话。

但是年青人不忙不慌静听着，闪动着他的长睫毛。末了，他这才回答，还是那一句：“等等就知道了。”这一句话，现在可没有刚才那样的效力了。因为提出的问题太多又太复杂，这一句回答不能概括。人们内心的不安，开始又在滋长。他们开始怀疑这位年青人能听懂也能说的国语究竟有几句了，如果他们还能够不起恐慌，那亦还是靠了这位年青人的镇静从容的态度。

幸而这所谓“等等”，不久就告终，“就知道”的事情也算逐一都知道了。敌人果然离这小小村落远些了，他们可以下山去，到屋里一歇了。

在一座堡垒式的大房子里，人们得到了一切的满足：关于“敌情”的，关于如何继续赶路的，最后，关于休息和口腹的需要。

因为是整夜不曾好生睡觉，他们首先被引进一间房去“休息”一会儿，这房本来也有人住，但此时却空着。招待他们的人——两位都能说国语，七手八脚把一些杂乱的东西例如衣服，碗盏之类，推在一角，清理出一张大床来，那是十多块松板拼成，长有八九尺，宽有四五尺，足够一“班”人并排躺着的家具；又弄来了一壶开水，于是对他们说：“请休息吧，早饭得了再来请你们。”这房只有一个小小的窗洞，狭而长。实在不能算是窗，只可说是通气洞。但真正的用途，却是从这里可以射击屋子外边的敌人。此时朝敞半上，房里光线暗淡，而在他们这几位弄惯了必先拉上窗障然后始能睡觉的人看来，倒很惬意。然他们睡不着，也许因为疲劳过度上了虚火，但也许因为肚子里空，他们闭眼躺在那些板松上，可是睡不着。

但是不久就来请吃早饭了。

吃饭的时候，招待他们的两位东道主告诉他们：今晚还得走夜路，不远，可也有三十多里，因此，白天可以畅快的睡个好觉。

他们再回那间房去，刚到门口，可就楞住了。

因为是从光线较强的地方的来，他们一时之间也看不清楚，但觉得房里闹烘烘挤满了人，嘈杂的说笑，他们全不懂。然而随即也就悟到，这是这间房的老主人们回来了，是放哨或是“摸敌人”回来了，总之，也是急迫需要休息的。

渐渐地看明白，闹烘烘的七八人原来是在解下那些挂满了一身的捞什子：灰市的作为被子用的棉衣，子弹带，面巾，像一根棒锤似的米袋，马口铁杯子，手溜弹等等。都堆在墙角的一只板桌上，看着那几位新客带笑带说，好像是表示抱歉，然后一个一个又出去了，步枪却随身带起。

房里又寂静了，他们几位新客呆了半晌，觉得十二分的过意不去；但也只好由它，且作“休息”计。他们都走到那伟大的板铺前，正打算各就“岗位”，这才看见房里原来还留得有一个人，他坐在那窗洞下，低着头，在读一本书，同时却又拿枝铅笔按在膝头，在小本上写些什么。

看见他是那么专心致意，他们都不敢作声。

一会儿，他却抬起头来了，呀，原来就是早晨在山上见过的那位年青人。

只记得他是多少懂得点国语的，他们之中的C君就和他招呼，觉得分外亲切，并且对于占住了房间的事，表示意歉。

年青人闪动着长睫毛，笑了一笑。这笑，表示他至少懂得了C君的意思。可是他并不开口，凝眸望了他们一眼，收拾起书笔，站起身来打算走。

“不要紧，你就留在这里，不妨碍我们的，况且我们也不想睡。”C君很诚恳的留他。

C君的同伴们也示表了同样的意思。

他可有点惘然了。——是呀，他这时的表情，应当就是“惘然”，而不“踌躇”。长睫毛下边的澄澈而凝定的眼睛表示了他在脑子里搜索一些什么东西。终于搜索到了，乃是这么一句：“我的事完了”。

他似乎还有多少意思要倾吐，然而一时找不到字句，只好笑了笑，又要走。这当儿 C 君看见他手里那本很厚的书就是他们一个朋友所写的《民族民主革命论》，一本高级的理论书，不禁大感兴趣，就问他道：“你们在研究这本书么?”

他的长睫毛一歛，轻声答道：“深得很，看不懂”。忽然他那颇为白皙的脸上红了一下，羞怯怯地又加一句：“没有人教。”

“你们有学习小组没有?”

年青人想了一会儿，然后点头。

“学习小组上用什么书？不是这一本么?”

“不是”。年青人的长睫毛一动，垂眼看着手里那本书，又叹气似的说，“好深啊，好多地方不懂。”

这叹息声中，正燃烧着火焰一样的知识欲；这叹息声中，反映着理论学习的意志的坚决，而不是灰心失望。他们都深深感动了。C 君于是问道：

“你是那里人?”

“新加坡。”

“什么学校?”

“我是做工的。”年青人回答，长睫毛又闪动一下。

这一回答的出人意外，不下于发见他在自习那本厚书。C君的同伴们都加入了谈话。而且好像这极短时期的练习，已经使得那年青人的国语字汇增加了不少，谈话进行得相当热闹。

从他的不大完全的答语中，他们知道了他生长在新加坡，父母是工人，兄弟姊妹也是工人，他本人念过一年多的小学，后来就做机器工人，抗战以后回祖国投效，到这里也一年多了。

“你怎么到了这里的？”有人冒昧地问。

年青人又有点惘然了。急切之间又找不到可以表达他的意思的国语了，他笑了笑，低垂着长睫毛，又回到原来的话题，叹息着说：“知识不够，时间——时间也不够呀。”

于是把那本厚书塞进衣袋，他说：“我还有事，等等，时间到了，会来叫你们。”便转身走了。

房里又沉静了，一道阳光从窗洞射进来，那一条光柱中飘游着无数的微尘，真可以说一句万象缤纷。他们都躺在松板上，然而没睡意，那年青人的身体，性格——虽然只从这短促的会晤中窥见了极少的一部分，可是给他们无限兴奋。

态度沉着，一对聪明而又好作深思的眼睛，长长的睫毛，异常清秀端庄的面孔，说话带点羞涩的表情：——这样一个年青人，这样一个投身于艰苦的战斗生活的年青人，仿佛在他身上就能看出中华民族的最优秀的儿女们的面影。

（一九四五年）

不可补救的损失

从香港脱险，走东江，过衡阳，到桂林，一路的同伴中就有胡仲持兄，一路上我们常常谈起愈之，挂念愈之的安全。“威而斯亲王号”被击沉，在香港沦陷时我们就知道了，但在十二月二十五日以后，所见无非敌伪的报纸，我们根本不相信它一字。一月九日出九龙，绕道步行，月夜过残破的村镇，有时连犬吠也听不到一声，旧历腊月尾进了惠阳，距敌人退走才三天，商店未尽复业，党政机关尚未搬回，劫后人民，余痛犹深，三五聚谈，多为敌人烧了多少房屋，杀了多少人，询以“新加坡消息”，无一人知道，可是我们还存着希望，我们相信新加坡可以坚持相当久，而愈之兄以及其余朋友，——却是一大群呢，终不会没有办法的，香港才十八天就陷落了，然而我们不也平安而出么，而且我们也是一大群呢。

在曲江找到旧报，才知道事不尽然；但我们仍然相信新加坡的朋友们一定有周密的计划，一定有好好的准备，我们这样确信，因为我们是深知愈之的，我们想到新加坡的地理环境不同于香港，记念着几位新去的友人时，便自慰道："不要紧，有愈之在那边呢！"

六月在桂林，最后一批从香港出来的朋友也遇到了，同时不知从什么地方也传来了谣言："愈之已落敌人之手？"谣言还说到陈嘉庚先生，说他和愈之同时被捕，同关在一处，而且同时被解到南京的。这是可能的么？

但比较可靠的消息不久也转辗传来了。内容多少有点出入，而愈之的尚健在，早已无可置疑，而且是在游击队控制下的荷印一小岛。

我们想像他在岛上的生活一定很艰苦一定很紧张，但也一定很愉快。我们相信他在那边不是避难，不是作客，而是在工作，——镇定而不知疲伤地在工作，像他数十年来一样。我们凡是认识他的，无不引以自豪。我们想像他那些向来被纸烟熏焦了指尖的手指，在热带的山地也许被列日晒成酱色了，同时也不免担忧他那一口时时出毛病的牙齿："不会更坏么？坏了有办法么？"

菲律宾已经解放了，缅甸切成两半了，东南亚大军待机而动，欧战快近结束，荷印的解放也该不远了吧。我们如何高兴地在等待海外飞来的喜讯呀！而当我们听到那难于骤信的噩耗时，我们的震动实在难得想像！

中国文化界又丧失了一位卓越的战士，中国民主运动丧失了一位领导者，这损失太严重了！不久以前我们丧失了韬奋先生，又知道杜重远先生确已死了，现在又哭愈之，他们三位的道德文章各有千秋，然而邹杜如尚在世，丧失了知己之痛，必更甚于吾人。不止一次，他们两位碰到危疑的问题便想起了愈之。只举这一端，便足够说明愈之的为人——他的沉思明辨，镇定而坚毅的品格，怎样为朋友所敬重！

正如罗曼·罗兰所自述，他的旅程并不短；我们多少文化战士都曾走过漫长的路程，愈之也是这样一个人。而正因为所从来者远，故见理更明，方向更坚定，处事更慎敏。二十五年前，我就认识愈之了，到现在，在朋友中间，像他那样思想澄澈，观察周密，意志坚定而态度和平的，还好像不多。现在他不幸逝世，在这世界新局面正在开展，中国民主运动正当紧要关头的时候，还是一个不可补救的损失；而在我个人，则丧此益友之痛，将永在我心，终身不能磨灭！

一九四五年

悼念胡愈之兄

大概是民国九年的下半年罢，我第一次认识了胡愈之兄。那时我们同在商务印书馆编译所工作，可是因为工作的部门不同，我们相识，已在同事一年以后了。在这以前，自然不是没有见面的机会，上班下班的时候，从工厂大门到涵芬楼（编译所即在涵芬楼的第二层）那一条铺着轻便铁轨的路上，我时常看见这么一个人：身材矮小，头特别大，脸长额阔，衣服朴素，空手时候少，总拿着什么外国书板，低头急走，不大跟别人招呼。那时我不知道他是谁，只知他在理化部工作，而当时商务印书馆的理化部有“绍兴会馆”之戏称，那么，想来他也是绍兴人了。有时候，也看见他和一位高而瘦的老者边走边谈，老者总有五十多岁了罢，但毫无龙钟之态，而且谈吐之间还使人感到他富有年青人的热情；这一位老者我却知道就是杜亚泉先生，在中学读书时，我念过杜先生所编的动物或植物学教科书。

当时愈之兄虽在理化部，却与“理化”不生关系。他是帮忙“东方杂志”的编译工作的。“东方杂志”那时由杜亚泉先生主编，而杜先生又是“理化部”的部长。“东方杂志”那时并不成立另一机构，帮忙《东方》编务的，除愈之兄外，还有两三位，也都名在“理化部”中。这样的局面直到民国十一年罢，方才有了变更。

这一个时期（民国九年到十一年罢），愈之兄主要的工作是选择并介绍欧美杂志上的文章，从政治，经济，乃至哲学文学。后来他对于文学似乎特别有兴趣了。我们由相识而相熟，也是以“文学”为媒介。文学研究会成立后不久，郑振铎兄也来上海，也在商务书馆编译所工作，于是有文学研究会上海分会的会刊《文学》之编行，愈之兄是负责人之一，他支持这刊物直到他第一次出国游法。

一二八后，“东方杂志”重整旗鼓，成立了完全独立的机构，以进步的姿势，适应时代的要求，那时负责主编的，就是愈之。在这时候，“东方杂志”是充满了进取活泼的精神的。从那时期的“东方杂志”便反映了愈之兄的远大的眼光，周密的思考和注意，坚持着民众的立场，坚持着两条战线的斗争，以及计划性，组织性等等卓越的才能。然而不到半年，因与书馆当局意见不合，愈之兄毅然去职。

此后数年，他一方面在哈瓦斯社工作，一方面努力于文化出版事业之推进。他并不自办出版社，也不自编刊物，可是出版家或刊物的主持人如果认真想把工作做好，做得有意义，那他一定很热心地给以帮助。他贡献他的经验和智慧，代人设计，代人拉稿，甚至还代人调解人事纠纷；他任劳任怨，不为名，不为利，白赔上精神和时间，以此为乐。我记得有过几次，著作人和出版家发生了摩擦，都由他从中解释而无事。仅有一次，他的努力是失败了，卷入在那次不幸事件中的一二年青朋友当时曾谓愈之"太妥协"，现在回想也许要觉得不对；在原则问题上，愈之是绝不妥协的，不论对方是谁，不然，他为什么敝睫《东方》而不干呢？但是他又决不是好逞意气，专顾一面，为小而失大，或以激昂姿态博幼稚者喝采而沾沾自喜的人。他在文化出版界二十年，始终没有独树一帜或组织小集团的不光明正大的企图，他确是时时处处以大局为重，以民族文化的利益为大前提的。这不是我一人的私见，凡深知愈之者当亦首肯。

那时候，由愈之创意设计的刊物，较知名者有《世界知识》，《文学》，《月报》（此为大型集纳性之"文摘"式的刊物，开明出版，）而《新生》和《永生》也有他的心血在内。由于他的帮助，有好几家书店曾经确定了颇有意义的出版计划，而且有几个报纸（主编和愈之相熟的）也接受了他的劝告，而得改进。朋友们戏呼他为"设计专家"，决不是出于俏皮，而是由于衷心的钦佩。

抗战以后，愈之曾一度在政治部第三厅工作，后来他在桂林办文化供应社，旋又至新加坡办报，以迄太平洋战争爆发，敌人攻新加坡时，愈之及陈嘉庚先生等曾组织华侨助英军作战。新埠既陷，国内友人急欲知愈之下落，而传言纷歧，吉凶莫测。侨胞脱险归国者仅知新埠战事至最后五分钟，愈之等尚坚守岗位。久之始得确息，他在荷印一小岛上打游击，而郁达夫，王纪元，王任叔诸兄，亦在一起。谁又想得到在这日寇节节败退，荷印解放在即的时候，忽然又接到他已故世的噩耗呢！谁又想到在这民主潮流弥漫全世界，法西斯黑疫将被最后消灭的时候，他竟在战斗中倒下了呢！

最近几个月中，逝世了好几位好人，——国际的和国内的。愈之兄的噩耗，来的如此突兀，我不愿信，但又不能不信；好多天内，我总觉得像在做梦，有点昏昏然！这一下打击太厉害了，对于文化界，对于日益展开的民主运动。在争取民主的运动中，我们需要愈之的地方实在太多，而且我相信愈之对于这一伟大的事业必有光辉的贡献。然而病魔夺去了他的生命，这是文化界的极大损失！也是中国民族解放运动的极大损失！他已经死了，然而他一生的为学与办事的精神和成就，实在值得年青的一代永志不忘，奉为模范。在学问方面，他是卓越的自学成功者，英文，法文，世界语，他都是自学的，留法以前，他的著作已经不少，不过他不愿意集起来出版。在办事方面，他是名实相符埋头苦干者，他不喜居名，他往往把一件事办得有了相当规模时就交给朋友而自己再去做另一拓荒者。待人接物，他老是那样有计划，有组织，在朋友中间，我还没有看见有第二人比他强的！

今天我们哀悼已故的好友，我特别想到年青的一代。我每逢看见洁白而热情的青年们，我总是又欢喜，却又有点悲哀。欢喜，因为我看见了民族的光明的前途，觉得二十年来为了民族的自由解放而牺牲了性命的数以百计的朋友们不是白牺牲了的；但又有点悲哀，则因我们的父辈把火炬交给了我们这一代，而我们这一代还未曾完成使命，不得不让年青的一代在他们应该是无忧无虑的一生的黄金时代也就负起了沉重的十字架；而且横在他们前面的考验又何其繁重而复杂！现在这一时代，诱惑比前强得多，威胁比前猛得多，欺骗也比以前巧妙得多了，通过这一切考验而能卓然挺立不屈，需要多么坚强的意志和魄力！我每每觉得像愈之这样的人，他本身就是极大一股感召力——给年青一代以鼓励，以勇气，以模楷。现在不幸他死了，他留给我们的，是一个战士的光荣的事业。而在年青的一代，我相信他是一个光荣的模范。在战斗的行列中，做一个冲锋陷阵的掷弹手并不比一个架桥梁，敷电线，画地图的技术人员需要更多的沉毅和勇敢。年青的朋友们也许觉得愈之不是一个创造轰轰烈烈故事的掷弹手，然而他确是值得骄傲的后勤人员，而且在必要时他也会上火线做掷弹手的，他在荷印小岛上三年的苦斗已经给充分证明了。

安息罢，可敬的战士和朋友！中国的人民是不会忘记你的，中国的年青的一代是不会忘记你的，我们后死者——你的战友以及未来的年青的战友，将以继续你的事业和学习你的为学为人，来永久永久纪念你！

（一九四五年五月十六日）

马达的故事

一、马达的“屋子”

东山教员住宅区有它的特殊的情调。

这是一到了这“住宅区”的人们立刻就会感到的，然而，非待参观过各位教员的各种个性的“住宅”以后，说不出他的特殊在那里；而且，非得住上这么半天，最好是候到他们工作完毕，都下来休息了，一堆一堆坐着站着谈天说地，而他们的年青的太太们也都带着儿女们出来散步，这高冈上的住宅区前面那一片广场上交响着滔滔的雄辩，圆朗的歌音，及女性的和婴儿的咿咿呀呀学语的柔和细碎的话声的时候，其所谓特殊情调的感觉也未必能完整。

而在这中间，马达的巨人型的身材，他那方脸，浓眉，阔嘴，他那叉开了两腿，石像似的站着的姿势，他那老是爱用轩动眉毛来代替笑的表情，而最后，斜插在嘴角的他那枝硕大无比的烟斗，便是整个特殊中尤其突出的典型。

不曾听说马达有爱人，也没有谁发见过马达在找爱人：他是“东山教员”集团内少数光棍中间最为典型的光棍。他的“住宅”就说明了他这一典型，他的“住宅”代表了他的个性。没有参过马达的“住宅”，就不会对于“东山教员住宅区”的各个“住宅”的个性了解得十分完整。

门前两旁，留存的黄土层被他削成方方整整下广上锐的台阶形，给你扑面就来一股坚实朴质的气氛，当斜阳的余晕从对面山顶淡淡地抹在这边山冈的时候，我们的马达如果高高地坐在这台阶的最上一层，谁要说这不是达·文西的雕像，那他便是没眼睛。白木的门框，白木的门；上半截的方格眼蒙着白纱。门楣上刻着两个字：马达。阳文，涂黑，雄浑而严肃，犹似他的人。

但是门以内的情调可不是这条单纯了。土质的斗型的工作的桌子，庄重而凝定，然而桌面的二十五度的倾斜，又多添了流动的气韵。后半室是高起二尺许的土台，床在中心，四面离空，几块玲珑多孔的巨石作了床架，床下地面繁星一般铺了些小小的石卵，其中有些是会闪闪耀着金属的光辉。一床薄被，一张猩红的毡子，都叠成方块，斜放在床角。这一切，给你的感觉是凝定之中有流动，端庄之中有婀娜，突兀之中却又有平易。特别还有海洋的气氛，你觉得他那床仿佛是个岛，又仿佛是粗阔的波涛上的一叶扁舟。

然而这还没有说尽了马达这“屋子”的个性。为防洞塌，室内支有木架，这是粗线条的玩意，可是不知他从那里去弄来了一枝野藤（也许不是藤，总之是这一类的东西），沿着木架，盘绕在床前头顶，小小的尖圆的绿叶，缨落倒垂。近根处的木柱上，一把小小的铜剑斜入木半寸，好像这是从那里飞来的，铿然斜砍在柱上以后，就不曾拔去。

朝外的土壁上，标本似的钉着一枝连叶带穗的茁壮的小米。斗型的工作柜上摆着全付的木刻刀，排队一般，似乎在告诉你：他们是随时准备出动。两边土壁上参差地有些小洞，这是壁橱，一只小巧的铁挂在左边。一句话，所有的小物件都占有了恰当的位置，整个儿构成了媚柔幽娴的调子。

巨人型的马达，就住了这么一个“屋子”。一切都是他亲手布置，一切都染有他的个性。他在这里工作，阔嘴角斜插着那硕大无比的烟斗。他沉默，然而这像是沉默的海似的沉默。他不大笑，轩动着他的浓密的眉毛就是他代替了笑的。

二、马达的烟斗和小提琴

认识马达的人，先认识他的大烟斗。

马达的大烟斗，是他亲手制造的。

“这有几斤重罢?”人们开玩笑对他说。

于是马达的浓眉毛轩动了，他那严肃的方脸上掠过了天真的波动似的笑影。他郑重地从嘴角上取下他的烟斗，放在眼前看了一眼，似乎在对烟斗说：“吓！你这家伙!”

他可以让人家欣赏他的烟斗。像父母将怀抱中的爱子递给人家抱一抱似的，他将他的烟斗交在人家手里。

那“斗”是什么硬木的老根做的，浑圆的一段，直径足有一寸五分。差不多跟鼓一样的硬木枝，（但自然比真正的鼓槌小些）便作成了“杆”，插在那浑圆的一段内。

欣赏者擎起这家伙，作着敲的姿势，赞叹道：“啊，这简直是个木郎头（槌子）呢!”他仰脸看着马达，想要问一句道，“是不是你觉得非这么大这么重，就嫌不称手?”可是马达的眉毛又轩动了，他从对方的眼光中已经读到了对方心里的话语，他只轻声说了七个字：“相当的材料没有”。

“这杆子里的孔，用什么工具钻的?”

“木刻刀，”回答也只有三个字。

这三个字的回答使得欣赏者大为惊异，比看着这大烟斗本身还要惊异些，凭常情推断，也可以想像到，一把木刻刀要在这长约四寸的硬木枝中穿一道孔，该不是怎样容易的。马达的浓眉毛又轩动了，他从欣赏者脸上的表情明白了他心里的意思：但这回他只天真地轩动眉毛而已，说明是不必要的，也是像他这样的人所想不到的。

可不是，原始人凭一双空手还创造了个世界呢，何况他还有一把木刻刀！

市上卖的不是没有烟斗。这是外边来的粗糙的工业制造品，五毛钱可以买到一支。虽说是粗糙的工业制造品，但在一般人看来，还不是比马达手制的大家伙精致些。鄙视工业制造品的心理，马达是没有的，即使是粗糙的东西。然而这五毛钱的家伙可小巧的出奇。要是让马达叼在嘴角，那简直像是一只大海碗的边上挂着一枝小小的寸把长的瓷质的中国式汤匙。

“你也买过现成的烟斗么?”欣赏者又贸贸然问了。

“买过”，马达俯首看着欣赏者的脸，轻声说，于是他慢慢地抬起头来，看着遥远的空际，他那么富于强劲的筋肉的方脸上又隐约浮过了柔和而天真的波纹，似乎他在遥远的空际望到了遥远的然而又近在目前的过去，“买过的”他又轻声说，“比这一支小些”！

他从欣赏者手里接过了他的爱人一般的大烟斗。又开了两腮，他石像似的站着，从烟斗里一缕一缕的青烟袅娇上升，在他那方脸上掠过，好像高冈上的一朵横云。刹那间云烟散了，一对柔和的眼睛沉静地看着你，看着周围的一切，看着这世界宇宙。于是你会唤起了什么的回忆：那是海，平静的海，阔大，而且和易，海鸥们在地面上扑着翼子，追逐游戏，但是在这平静和易之下，深深的，几十尺以下，深深的蛟龙潜伏在那里，而且，当高空疾风震雷闪电突然际会的时候，这平静的又将如何，谁又能知道呢？

一天，夕阳西下，东山教员住宅区前那一片广场上照例喧腾着笑声，歌声，谈话的时候，人们忽然觉得缺少了什么东西。

叉开了两腿，叼着大烟斗，石像似的站着，只用轩动眉毛来代替笑的马达，不在这里。当他照例那样站着和人们在一处的时候，人们不一定时时想着：“哦！马达在这里”！但当这巨人型的马达忽然不在的时候，人们就很尖锐地感到缺少了一件不能缺少的东西。

“马达正在向他的爱人进攻呢”！和马达作紧邻的人笑了说。“马达是会用水磨功夫的”！

这一句不辨真假的话，可能立刻成为一个主题；戏剧家，小说家，诗人，漫画家，作曲家，甚至也还有理论家，一时会纷纷议论，感到极大的兴趣。女同志们睁大了眼睛听，同时也发表了她们的观察和分析。

不错，马达是正在用水磨功夫，对付——但不是人，而是一块薄薄的木板子。

当好奇者在马达“住宅”的门前发见了他的时候，

这巨人正躬着腰，轻轻而又使劲地，按住一块薄薄的木板子，在一块砂石上作水磨，那种谨慎而又敏捷的姿势，好像十七八岁的小儿女在幽闺中刺绣。

谁要是看了这样专心致意而又兴趣盎然，还会贸然冲上去问一句“喂，马达同志，你这是干么的”？——那他真是十足的冒失鬼。

蹲在一旁，好奇者孜孜地看着：他渐渐忘记了马达，马达也似乎始终不曾见到他。

大烟斗里袅起青烟的当儿，马达轩动着眉毛，探身从土台的最高一级拿下个古怪的东西，给好奇者看。

“哦!”好奇者恍然大悟了。这是个小提琴的肚子，长颈子还没装上；这也是薄薄的木板——该说是木片，已经被制成吕字形，中间十字式的木架撑住，麻绳扎着；这是极合规则的小提琴的肚子，但前后壁却还缺如。

“哦,”好奇者指着马达正作着水磨功夫的一块说，“这是装在那肚子上的罢?”

马达点头，又轩动着眉毛，满脸的笑意。

被水磨的那块板并不是怎样坚硬细致的木料，马达总希望将它弄到尽可能地光滑，他找不到砂皮，所以想出了水磨的法子。但是，已经被磨成吕字形的长条的薄木片，光滑固然未必十足，全体厚薄之匀称却是惊人的。

“啊！这样长而且薄的木板，你从那里去弄来的?”好奇者吃惊地问。

“买了的，”马达静静地回答，柔和的眼光忽然闪动了，像是兴奋，又像是害羞。“新市场里买的。”

“哦！”好奇者仰脸注视着马达的面孔，“了不起！”这当儿，他的赞美已经从木板移到人，他觉得别的且不说，刚是能够“找到”这样的薄薄的木板，也就是“了不起”的事情。

马达完全理会得这个意思，他庄重地说道：“买这容易。这是本地老百姓做蒸笼的框子用的！”

于是谈论移到了制造一个小提琴所必需的其他材料了。马达以为弦线就成问题。

“胡琴用的弦线，勉强也可以。”马达静静地说，从嘴角取下他那大烟斗。

躬着腰，他又专心一意兴趣盎然去对付那块木板了。好奇者默默地在一旁看，从那大烟斗想到未来的小提琴，相信它一定会被制成的。

隔了好几天，傍晚广场上照例的小堆小堆的人们中间，又照例的有叉开了两腿，叼着大烟斗的马达了。他的小提琴制成了罢？没有人问他，照例他不会先对人家提到这话儿。然而大家都知道，制成是没有疑问的。当好奇者问他：“那弦线怎样？成么？”

“木料也不成！”马达庄重地回答。

只是这么一句话。

青烟从大烟斗中袅袅升起，烟丝在烟斗里吱吱地叫。

马达轩起了他那浓眉，举起柔和的眼光，望着对面山顶的斜阳，斜阳中款款摇摆着的狗尾巴草似的庄稼，驮着斜阳慢慢走下山冈来的牛羊。

（一九四五年）

后　记

此集所收凡二十余篇，除《风景谈》而外，都是香港战后回到“大后方”的两年半内所写的。其中有杂文，有追悼怀念之文，也有仍然不免是“赋得××”的应时纪念文。杂文之类，也许还不止此集所收这一点，但既无底稿，一时也想不起来曾发表于何处，反正都不过是那么一回事，就此撩开完事。

这两年半的时期中，全世界发生了空前的大变动。纳粹德国崩溃了，从斯大林城开始反攻的苏维埃红军于两年之内愈战愈强终于胜利地占领了柏林城；法西斯意大利也完蛋了，墨沙里尼受意大利人民的审判，明正典刑；被奴役的欧洲国家的人民翻了身了，到处叫出了解放的呼声。世界的民主潮流是这样的汹涌澎湃，然而看看我们自己这国家，却那么不争气。贪官污吏，多如夏日之蝇，文化掮客，帮闲篾片，嚣嚣然如秋夜之蚊，人民的呼声，闷在瓮底，微弱到不可得闻。在此时期，应当写的实在太多，而被准许写的又少得可怜，无可写而又不得不写，待要闭目歌颂罢，良心不许，搁笔装死罢，良心又不安：于是而凡能幸见于刊物者，大抵半通不通，似可怜又若不可怜；美国女作家赛珍珠最近有一封信述及美国读者对于中国现代文学之县尚，谓“杂文”之类，美国人最不感兴趣，因其似懂非懂。呜呼，岂但美国人，我们中国人亦只能从字缝中猜猜而已！中国的作者多少年来是不得不在夹缝中写字的，中国的读者多少年来是不得不从字缝中猜度的，民主作风的美国人如何会懂得我们的特别国情？

诸如此类的话，反正说不完，姑且打住。我写这后记，用意不在借此喊冤，我的用意只在申明这一些小文章本身倒真是这“大时代”的讽刺。沉默是伟大的讽刺，但“无物”也可以成为讽刺。这些小文章倘还有点意义的话，则最大的意义或亦即在于此。故名曰《时间的纪录》者，无非说，从一九四三年——四五年，这震撼世界的人民的世纪中，古老中国的大后方，一个在“良心上有所不许”以及“良心上又有所不安”的写作所能纪录者，亦惟此而已，而抱有此感者，度亦不仅作者个人，千百同仁，心同此理。因此写了出来，以示同道，以求共鸣。一九四五，七月，中央社补发周炳琳答词之日，记于唐家沱。

茅 盾

图书在版编目（CIP）数据

时间的纪录 / 茅盾著. — 北京：中国国际广播出版社，2013.1

（良友文学丛书）

ISBN 978-7-5078-3556-4

Ⅰ. ①时… Ⅱ. ①茅… Ⅲ. ①散文集－中国－现代
Ⅳ. ①I266

中国版本图书馆CIP数据核字（2012）第270225号

时间的纪录

著　　者	茅　盾
责任编辑	张娟平　张淑卫
版式设计	国广设计室
责任校对	徐秀英
出版发行	中国国际广播出版社（83139469　83139489[传真]）
社　　址	北京复兴门外大街2号（国家广电总局内）
	邮编：100866
网　　址	www.chirp.com.cn
经　　销	新华书店
印　　刷	环球印刷（北京）有限公司
开　　本	620×920　1/16
字　　数	86千字
印　　张	11.5
版　　次	2013年1月 北京第一版
印　　次	2013年1月 第一次印刷
书　　号	ISBN 978-7-5078-3556-4/I·414
定　　价	38.50元

CRI 中国国际广播出版社　欢迎关注本社新浪官方微博　官方网站 www.chirp.cn